成长

关 鑫◎著

团结出版社

图书在版编目（CIP）数据

成长 / 关鑫著. - - 北京：团结出版社，2023.7
ISBN 978 - 7 -5234 - 0186 - 6

Ⅰ．①成… Ⅱ．①关… Ⅲ．①长篇小说 - 中国 - 当代
Ⅳ．①I247.5

中国国家版本馆 CIP 数据核字（2023）第 090532 号

出　　版：团结出版社
　　　　　（北京市东城区东皇城根南街 84 号　　邮编：100006）
电　　话：(010) 65228880　 65244790
网　　址：http：//www. tjpress. com
E - mail：65244790@ 163. com
经　　销：全国新华书店
印　　刷：北京荣泰印刷有限公司
装　　订：北京荣泰印刷有限公司

开　　本：155mm×225mm　 16 开
印　　张：13.5
字　　数：120 千字
版　　次：2023 年 7 月　 第 1 版
印　　次：2023 年 7 月　 第 1 次印刷

ISBN：978 - 7 -5234 - 0186 - 6
定　　价：59.00 元

目 录

梦想的篇章　／1

困在围城里　／22

从商的经历　／31

走上销售路　／43

婚姻的变故　／56

西漂的日子　／65

职场的规则　／75

寻爱的道路　／104

虚幻的梦境　／124

未完的故事　／164

梦想的篇章

"人车"缓缓地上来，原本黑暗的巷道由外到内照射进光明，大家三五成群地骂骂咧咧地带着工具走了出来，大多数人没有着急进去换衣洗澡，而是不约而同来到澡堂旁的老地方席地而坐，互相递烟，边抽烟边唠嗑，享受着这短暂而美好的阳光浴。对于他们而言，只有在这晒太阳的半个多小时才能感觉到心跳，感觉自己还活着。平日里如打洞的老鼠一般见不到太阳，甚至还可能遇到不好的突发状况。

澡堂门口处，机电队的马书记正在给上来的井下工人们一边递烟，一边和颜悦色地说："辛苦了，兄弟！"

我见状，屁颠屁颠地跑过来，冲马书记高兴地打起招呼。

马书记爽朗道："阿兴，你小子是不是又混井下去了？来抽个烟!"

我连连挥手，调皮地回答："哈哈，马书记，我不会抽烟，学会混井下就可以了。"

"跟你师傅尽不学好的，把本事好好学!"

"哈哈，好，好。"我连连答应，打完招呼就去了澡堂旁边的灯房。

"混井下"是煤矿工人的生存技能之一，通过找人或者自己带着"定位器"下去溜达凑时间，只要每月有18次以上的井下记录，那工资就会提高很多，有的人没有达到井下次数便用这种浑水摸鱼的办法。

"大姐，还灯!"我向灯房值班室喊道。

井下的石头总是多，煤总是少;矿上的男人总是多，女人总是少。每次还完灯，我都不由暗叹一下："矿上年轻的花朵太少了，找对象只能在县城找了。"

我跟多数人的成长经历有所不同，当别人在上学时，我已经踏入社会找赚钱路子。当别人开始上班，我倒获得第二次青春，重新上起学来了。当别人谈起对象甚至结婚生子，已经27岁的我却重返工作岗位，抓起个人问题，这在当地来说已经算很晚了。

我将矿灯、自救器还于灯房，便走向更衣室。紧挨着灯房的是更衣室，由许多小柜组成的一排排大换衣柜。每个矿工都有自己专门的换衣柜。

偌大的更衣室里，空气中弥漫着刺鼻的汗酸味和烟草味混合的熟悉味道。矿工大都爱抽口烟，可井下绝对不许抽烟。除了"混井下"的，其他人怎么都得待 8 小时以上，这可把他们馋坏了，也憋坏了。在外面晒太阳时没抽够，回到更衣室继续抽。烟雾一冒出来，他们也跟着松了一口气似的，坐在长条木凳上跷着二郎腿，身子向后一扬，头碰到柜子上发出声响也不碍事，仿佛沉浸在梦乡里一样，全身舒坦坏了，那架势还真是赛过活神仙！

有的矿工觉得还没过足瘾，叼着点燃的"黑兰州"，直接进澡堂里泡澡去了。在这个煤矿，大部分人都好这"黑兰州"。这款烟抽惯了，别的档次可以降，但一天几包"黑兰州"的标准不能低。同时，它还是大家伙最有效的社交工具。

我将那身汗味刺鼻的工服塞进衣柜，就来到澡堂。刚进来就看到一个人在洗手池拿着洗洁精往黑得只能看到眼睛和牙齿的脸上涂洗。

洗洁精和防尘口罩、线手套、毛巾等生活用品都是井下工人每个季度收到的劳保用品，大家一般都用洗洁精来清洗工服包裹外被污尘弄脏的皮肤，因为只有它才能洗得下来、洗得干净。

我瞟了一眼后，就跟大伙像下饺子一样光溜溜地跳进可容纳

30 多人的大浴池里，原本清澈的池水瞬间像被墨水浸透一般变得既乌黑又难闻。

我所在的井口是矿上最大的，人数也是最多的，澡堂设了两个大浴池。起初，我不愿意到这浴池里泡，因为没法直视这已黑中泛白、黏糊糊的水面，有的人甚至还在大池子里往头上、身上打肥皂，更别说下去了。后来，我被同事拉下去探险，慢慢也就适应了，只盼运气好上来早的话，可以在水没被污染前享受下。

按常规来说，这么脏的身子应该先淋浴，后池浴，避免水池污染，保持一个良好的洗澡环境。可井下工人普遍文化程度不高，甚至还有文盲，只要一个人不守规矩，其他人都会蜂拥而上，仿佛下慢了就吃亏了似的，长此以往就形成这般风气。

抽烟的人背靠着池壁，慢慢往热水里缩，一直让热水淹到脖子那里，只露出抽烟的嘴巴和不抽烟的耳朵。在热腾腾的水汽中，他们眼睛微微眯着，双手在前胸后背来回抚摸。他们不着急洗澡，还要泡一会儿，在享受香烟的同时，还要享受一下热水。他们对于这种环境早已习以为常，只要水的温度够了，初进去稍稍有点儿烫皮，他们就洗得很满意。泡着泡着，大家伙就互拥在一起唠嗑，唠矿上最近发生的趣事、爆炸性新闻。

矿工的生活除了喝酒打牌就是谈论女人，谈论那些粗俗却百谈不厌的话题。

"你们听说了吗？综掘四队的老何不是出事故走了吗？他那漂亮老婆被一队的副队长盯上了……"一位工友拿着肥皂像拿着快板一样眉飞色舞地叙述着。

这位把话匣子一打开，大家伙开始议论纷纷。

这些长期只有黑夜世界里的疲惫不堪的矿工，在热水滚烫舒缓和激情言语刺激下顿时都来了劲头。

说实话，煤矿工人太苦了。如果身边没有老婆孩子，那他们的日子真的很难熬。在潮湿阴冷的地层深处，在黑暗的工作面上，他们之所以能够日复一日、日日拼命八九个小时，就因为地面上有一个温暖的家。老婆和孩子，这才是他们真正的太阳，永远温暖地照耀着他们的生活，给予他们坚持下去的理由和动力。

家属楼跟公寓楼宿舍规模一样小，但屋内家电、生活用品一应俱全，主要是自己能经常沐浴在亲人们的温情和关切之中。而那些家人不在跟前或还没成家的人就会比较压抑和无趣。

众人洗完澡，走在回去的路上，碰见熟人，不会那么文绉绉地讲礼貌，人还没走到跟前，一句骂娘的脏话先飘了出来，这相当于打招呼了，也是正儿八经地融入了。碰见队里的领导，则会一个个点头哈腰，人还没走到跟前，烟就先掏出来了，随后不管接没接烟，走远了再重重呸口痰。

在这样的环境下，年龄大些的人都是死皮、老油条了，对他们而言，混一天算一天，不就为了那碎银几两嘛。而年轻人则会有些压抑、自卑，没有底气，尤其是那些还没对象的人，就工作性质来说除了工资高些，没有多少优势，生活方面则是通过喝酒打牌来消遣时光，没有年轻人该有的精气神。

矿上要是有新来的漂亮姑娘，别说自己没有自信去追求，人家就算找也找的是矿机关里坐办公室的"潜力股"。现实就是这么残酷。

矿里好女孩都被有本事的人追去了，可还是得继续找啊，就只能到山外面找，到县城找。可外面的世界又何尝不是这样？有工作还不行，还需要体面点，面上挂得住，更何况井下工作还有危险性。唯一好处是正式工作，能养家糊口，所以在县城找的大多数和自身匹配的，也就是没工作或打零工的女孩了。这一个萝卜一个坑，就快塞满了，亲朋好友的资源也是有限的，那就只能找当地的婚姻介绍所了。我虽然年龄不小，可还没到那个份上。后来发生变故，我才不得不成为婚姻介绍所的常客。那里的圈子社交面会扩大，找到对象的概率也会提高。

不知不觉，我在煤矿已经待了一年了。

一年来，我逐渐适应了这个新的生存环境。最初的那些抗拒、焦虑和新鲜感，都已经消失，工作和生活常规化，理想已经和我渐行渐远。

又过了些日子，远在新疆煤矿的大学同学刘宝川对我讲单位有演讲比赛，想跟曾经在学校多次演讲的我商量一番。我一听演讲顿时来了兴趣，可当宝川说想演讲关于"梦想"的题材后，我那闪烁的眼神瞬时黯淡无光。

我低沉道："这个题材可不好写，尤其是在矿区这种环境，大多数人上班只为养家糊口，梦想这个词显得有几分空洞，偶尔提起还可能引来嘲笑。"

宝川立刻反驳："人应该有梦想，有梦想的人生是光明的、是精彩的，而没有梦想的人生却是黑暗的、乏味的！"

是啊，人应该有梦想。我不由回想起自己梦想萌芽的地方，还有它伴随着自己一路成长。

那年春节，我和妈妈去到姨妈家串门，闲聊之际拍了很多照片。当我看到照片时，瞬间一愣，在内心吃惊的同时，拿照片的双手似乎还有点颤抖。憨憨的我和机灵的弟弟搂在一起，看起来不像兄弟，更像叔侄！

父亲去世后，我虽然振作起来，可那胖乎乎的肉脸、困乏的眼睛，以及紧贴在额头上的那几缕刘海使我显得很不精神。

姨妈仿佛看出了我的心事，便岔开话题对我妈说："趁阿兴还年轻，要不让他去上学或当兵吧。"我听后一下子站起身，问："我可以吗?!"姨妈转头看向我，笑着说："这得看你自己了。"

我顿时挺直腰板，对未来有了美好憧憬，从决定弃商从学那一刻起，也意味着即将改变自己的命运。

我当时就一个目标：一定要改变自己！我向发小借来高考复习资料，一边学习一边减肥。清晨不到六点钟，我就起床跑步，从刚开始只能跑几分钟增加到后来一个多小时。凤凰超市就是我每回跑步的折返点，它对我而言具有标志性意义。

有一次，我刚出去夜跑便有小雨点落下来。跑着跑着，雨开始变大，路旁的树枝被雨水击中，发出清脆的碰撞声，不一会儿我的全身都被淋湿。我跑到凤凰超市时，顷刻之间，暴雨像豆子似的直往下掉，砸在地面上又反弹起来，我还没来得及看清这番景象就被水珠狠狠地打在脑门和胸前。雨水将我的视线挡住，我顾不上疼痛，赶忙像汽车雨刮器一样用手把脸上的雨水抹开，又继续向前跑。

就在我刚看清前面的路线时，却一不小心从平坦的公路上跑偏。由于公路和旁边土路倾斜，我脚一扭摔倒在杂草遮掩的污水泥坑里，我用右手撑了起来，这会儿身上不仅沾满污垢，还有一股臭味儿。我来不及抖干净衣服，心里只有一个念头，就是接着跑，我拖着肥胖的身体来到公路，回头瞥了一眼摔倒处，默默记下这个地方，因为我下次还可能会遇到这样的场景，所以要记住它，防止再次跌倒。

　　我尝试着跑起来，可没跑几步脚就不听使唤，只能跌跌撞撞地徒步前行。雨势始终没有减弱的迹象，我的袖子沾满泥水，右手腕突然格外冰凉，我立刻挽起又臭又黏的袖口，边走边用左手捂住冰凉处试图取暖。

　　没过多久，我的手腕稍有好转，紧接着右脚又像冰块一样冰凉沉重。在求生欲的驱使下，我脑海里冒出了"我绝不能让我的脚废了！"这句话，并再次跑了起来，这一次多跑了几步。可170多斤的身体，袭击不断的暴雨以及受伤的膝盖迫使我再次停下来。

　　我连喘几口气后，边走边看周围的景色，想通过转移注意力来减轻伤痛感。公路左边是新种的树，右边则是茂密的树林，在树林前方不远处有一座常年破旧的、卫生间大小的空房子。

　　记得上初中那会，我和妈妈一起跑步，这座小房子就是我们每次的折返点，那时的我是多么健康阳光啊。想到这儿，我目光坚定、张开大嘴，仰头朝天全力吼叫一声！随即慢走变快走，快走变慢跑，慢跑又变中速跑，我每跑三步就深呼吸一次，慢慢地坚持了下来。

　　当我快跑回来时，后面一辆黑色越野车从我旁边驶过并停在前方，我瞄了一眼继续奔跑，随后听到响亮的喇叭声，我反应过来，腿脚未停，侧身转头摆了摆手："不坐了！我在跑步，谢谢!"说罢接着向前跑……

就这样一日复一日，无论天气变化还是身体抱恙，我都照跑不误，每当想放弃时，总会想想美好的未来，便全身像打了鸡血一般跑得更快。跑步锻炼了意志力，有了意志力的我在学习上更加刻苦，最终圆了我的大学梦。

进入大学后，我依然坚持锻炼，同时还带动班里的同学一起到操场晨跑、夜跑以及用健身房的器材来强化训练。仅一年时间，我的身材由"苹果型"变为"倒三角形"。当我假期回来跟妈妈一起逛街时，熟人见了还以为她有两个儿子，完全没有认出我，知晓后大家都哈哈大笑。

假期里，我发现很多孩子玩轮滑，这个运动项目在学校里也很流行。我兴致勃勃地买了一双轮滑鞋，跃跃欲试地来到小区篮球场感受下这挥洒自如、节奏动感的步伐。

当我尽情奔跑时，看到两个孩子手牵着手一脸羡慕地站在一旁看别人玩耍，瞬间想起自己的童年也是如此。

小时候，妈妈带上我一起去外地参加培训学习。第一次出远门的我见到什么都感觉新鲜。我看到有一群小孩子在广场拍皮球，那皮球是透明的，不像是吹起来的气球，感觉要比气球结实得多，就连他们相互传球发出的"砰砰"声也非常厚重……

想起往事，我无心再玩轮滑，黯然地离开场地。

我回到家想了许久，看能为他们做点什么，就想到了利用自己的绘画特长免费教他们画画。

我先从找场地开始，可转了一圈发现，周围的商铺以及平房出租屋都必须缴纳一年的费用，即便我好说歹说，也付不起半年的房租费。我继续边走边想，当路过一所小学时突然有了主意，"学校的场地价格应该便宜，没准还不收钱呢，反正放假了学生又不用教室。"想到这，我兴高采烈得像个孩子一样，快速跑到小学门口，跟看门大爷说明情况。大爷连忙挥手，说："学校不容许外租教室，校长的电话我也没有，小伙子你去别的地方问问吧！"我听后垂头丧气，不知不觉来到篮球场，蹲坐在一旁，无奈地望着前方。

就在我一筹莫展之际，邻居周奶奶冲我叫了一声："阿兴！怎么不去玩轮滑了？蹲这干什么？"我转头看向与我打招呼的周奶奶并告诉她缘由，她用手拍了拍我的肩膀，指着左侧说："单身楼旁的老年活动室那里好像有空房，你可以去找社区领导问问，他们没准愿意帮你。"

"当真?!"我兴奋地站了起来。她连连点头，点燃希望之火的我赶忙去找社区领导寻求帮助。正如周奶奶所言，还真的有空房，十分幸运的是，我得到了社区的支持，他们愿意把空置的老年活动室免费借给我当教室。

当天晚上，我给周奶奶还有跳广场舞的老人们宣传明天画室正式开班，让他们的孙子、孙女们前来学习绘画，保证这个暑假和下个寒假的费用都分文不收。

得到家属区长辈们的支持，第一天，画室里就陆陆续续来了不少孩子，以至后来教学设施都不够用，旁边的商店老板好心借给我们桌椅板凳，表妹也过来帮忙教学。我将画室分为大小班，小班安置到大教室里，由表妹负责教授年龄较小的孩子学习彩笔启蒙画，我则在旁边小一点的教室里教授年龄稍大的孩子学习素描画。最后，画室人数达 30 多人，已无多余位置可坐。一位退休老干部见状，还题字"爱心画室"赠予我们以表示鼓励。

画室逐渐形成规模，从一个空置的老年活动室变为一个充满生机的教室。我不仅要教孩子们学习绘画，还要让他们懂得遵守规矩，不容许上课迟到早退，也不容许课中嬉耍打闹。可毕竟他们只是年幼的孩子，最小的刚上二年级，还处于懵懂期，最大的正处于初中时的叛逆期。课堂上，我得时时扯着嗓子喊，才能勉强维持秩序以确保正常上课。

平日里，我不会很严厉，而会和他们一起玩耍。经过一个假期的朝夕相处，我在孩子们的眼里不仅是一位绘画老师、大哥哥，还是一个"娃娃头"。

我重返学校之后，脑海中老是会浮现这些小鬼头的身影，虽然他们常常惹我生气，可我还是很想念他们。

过了一个多月，五一劳动节即将到来。我躺在宿舍床上考虑要不要回家，无意间听到舍友放了一段关于感恩的演讲的视频，我内心有所触动，决定在只有三天的假期里赶回去为妈妈洗一次脚。

回想小时候，我得了过敏性鼻炎，它使我记忆力下降，呼吸不舒畅，经常会因鼻子不通气而入睡困难，严重时会头痛烦躁，甚至想撞墙。我在病魔的折磨下，只要电视里出现治鼻炎的广告，不管是真是假都想去尝试。可妈妈一直不同意，认为那些都是骗人的，不但治不好我的病，还白花冤枉钱。我认为她把钱看得比什么都重要，我冲着她吼，还把凳子摔在了她面前！

直到长大后，我才明白这个病真的不好治，电视上那些广告大都是骗人的，也明白了钱来之不易，不该花的钱就不要乱花，我应该学习妈妈这种勤俭持家的优良传统。

我悔恨自己当初的举止，我最对不起的人也是她。爸爸走后，妈妈的白头发越来越多了，而我却精神堕落下来，没有帮上家里什么忙。失去了才懂得珍惜，我已经没有了爸爸，再不能没有妈妈，我要挑起家里担子，好好孝顺她。

到家的当晚，我打了盆温水放在妈妈脚下，抬起她的脚脱下袜子，放入水中，轻轻搓着、揉着。妈妈调皮地说："儿子长大了，给妈说下有什么感想，看看和电视上的一样不。"我想了下，说："妈，你的脚好小，还挺绵的。"哎，我的妈妈虽然脚摸着绵，可那双粗糙的手让我触目惊心。因为不懂事，我惹妈妈生了太多的气，我不想也不敢再让她生气了，我想让她开心幸福，看着我出人头地。洗完后，我拿毛巾擦干妈妈的脚，低声说："妈"，然后停顿了下。妈妈问："怎么了？"我抬起头来说："妈，您辛苦了！"妈妈听后，露出欣慰的笑容并注视着我说："儿子长大了。"

因为路程遥远，假期的第二天我就坐上火车赶回学校。

从家回到学校后，我将减肥之路、创办爱心画室、给母亲洗脚这三个故事写成文章以纪录自己这段心路历程。

那时文笔拙劣又想写好的我，便将文章拿给我们辅导员都老师看，希望他能修改并指点一番。他看后高兴地说："这篇文章很有意义啊，如果以演讲的形式展现出来会更好。"随后，他还建议我将题目改为《涅槃》，就这样，我有了人生的第一次演讲。

我很珍惜这次演讲机会，暗暗下定决心要赢这场比赛。修改好稿子后，我就着手准备脱稿演讲。我先从网上观看别人是如何演讲的，然后到图书馆查阅相关书籍，在大家午休的时间找空教室练习。

在比赛当天，我出奇地紧张，紧张到只看到其他选手演讲的状态，却完全没有听进去演讲的内容，时不时在心里默默背着稿子，生怕上场忘了词，光洗手间就去了两三趟。当还有两位选手就轮到我的时候，我突然心跳加速，手心也不由地冒汗，我忙擦下手并将衬衣领口上的扣子解开。上场之前，重重的紧迫感就已经向我压来。

不一会儿，就听到有人喊我名字，我回过神来，深呼吸了一下，缓慢地走上了讲台。在这短暂而又漫长几步路里，我调整好心态，暗暗告诉自己，要是还紧张就不看台下人，只对着前面的"白墙"讲就好。

我故作从容地开始演讲，起初还算正常，可到第二段时我就突然忘词，大脑一片空白。有点慌张的我不由得往后退了一步，我攥紧小手，可怎么也想不起原稿内容。既然原稿想不起来，那就顺着往下编吧，情急之下，我想到这点，便赶忙接着上段即兴演讲起来。

虽然前奏有惊无险，可此时的我早已忘却排练无数次的演讲技巧和演讲手势，只盼能顺利讲完。

不料，就在我即将结束的时候，门外突然响起了刺耳的铃声，我瞬间崩溃。全场就我一个人遇到了这种突发事件！因比赛地址选到了六楼，响铃器也正好安装在此楼，声音之大可想而知，在铃声响起的那一刻，大家本能地纷纷往窗户外瞧去，我只好暂时停下来，等待铃声结束。在我一边无奈一边抱怨一边又鼓劲的思想斗争下，持续一分钟之久的铃声终于消停了……

最终，我拿到了三等奖，可和蔼可亲的都老师一点也没有责怪我的意思，反而高兴地拍了下我的肩膀，鼓励道："好样的！"瞬间，我心头涌起一股暖流，正是这一股暖流使我化失败为动力。在接下来的日子里，只要有学校或者社会组织的演讲活动，我都会积极参加，并时常厚着脸皮将演讲稿拿给各科老师求教，理科班的我始终把他们当作了不起的"语文老师"。

在大四那年，我的一篇演讲《健身改变人生》得到大家认可。我内心无比激动，大学四年演讲即便成功这一次，我也心满意足！

那一天，我看到学校宣传栏张贴了演讲比赛通知，便兴致勃勃去报名，然而，负责人却以大四学生不能参加为由拒绝了我。我一听当场就火了，没好气地大声理论道："凭什么大四学生就不能参加？通知上写得很清楚，凡是在校学生皆可参加，就连运动会也有大四学生参加呢。你说不让报就不让报了？！我要找团委老师理论！"那学弟一听吓了一跳，连忙道歉说："学长别生气，我们这就向组织汇报一下。"虽然有点不愉快，我最终还是如愿报名成功。

演讲当晚，我没有了往日的紧张感，有的只是享受和珍惜，在锻炼中，我不知不觉热爱上了这个神圣的讲台。我这次演讲就像跟人近距离聊天一样舒服自然，在演讲的全程我都没有看前面的白墙，而是看着台下的听众，我看到了从未看到过的东西，这就是一双双期待又专注的眼睛。他们在认真地听我演讲，他们喜欢我的演讲！我边演说边高兴地想着。

就在我讲得正起劲，同学们也听得入神时，前排中间坐的一位女同学突然站起来，以超时三分钟为由打断我的演讲。我先是一愣，随后愤然回击："我从大一开始就参加演讲比赛，经历了大大小小十几场，从未听说演讲时长为三分钟！而且，即便超时也应该举手示意提醒，并非这般没有礼貌地强行终止！"说罢，我头也不回地扬长而去。

陪我一同去的宝川跟了上来，笑着说："这回你可把人家的场子给砸了！""哈哈，活该！谁让这些人这么欺负人呢，在最初报名的时候就不愿意我参加，害怕我跟他们争荣誉呗。也罢，初赛即便过了，我也不会去参加复赛，因为我想要的东西已经得到了。"我先出一口气，然后平缓地回答道。宝川点头附议："嗯！我完全理解你的感受，上次我们英语社团每个人上台自我介绍，我虽然话不多，但大家因我讲得好而热烈鼓掌，同样使我内心激动不已。"

"过几天，学院准备举办毕业晚会，我也想出一份力，更想为大学生涯画上一个完美的句号。"我把这个想法告诉宝川，他惊讶道："你该不会又想演讲了吧?""没错！我在科大最后一场无悔的演讲，哈哈！"我兴奋地回应。宝川思索了一会儿，说："我还没听说过毕业晚会有演讲类节目。"我咧嘴一笑，说："那我就做这第一个在毕业晚会上演讲的人，内容就是我大学的演讲经历，题目就叫《敢想敢做》!"

"好！敢想敢做，一想二干！正如我们上次去'交大'玩一样，路过该校图书馆时停下步伐，本想进去一睹为快，可大学图书馆都要'刷卡'，更何况是名校呢。我当时说出了想进去的想法，你直接大步流星地朝图书馆大门迈去。那时候，刷卡机恰巧坏了，我们就这样大摇大摆地进去了！"宝川激动地回应道。

随着一篇《敢想敢做》的演讲，我完成四年由内到外蜕变的大学旅程。但这不是结束，而是新的开始，我人生第二次低谷的考验也悄然而来。

毕业后，我原本准备学完假期报的健身学院剩余的课程后从事健身教练行业，怎奈被家里人百般阻挠，只能回到家乡的煤矿从事井下技术员工作。在这个新环境里，我慢慢忘记梦想，也忘记最初的自己。煤矿工人工作需三班倒，每到早上四点半左右，宿舍对面的门都会准时地"啪"一声的打开，我也随之惊醒，加上窗户对面的路灯一直亮着，劣质的窗帘对于遮光根本无用，所以我的睡眠质量极差，上班经常昏昏沉沉的，注意力也不能集中。

每当我值班，矿工打电话汇报工作情况，不知是因为井下杂音大，工友家乡口音重，还是因为我精神状态不佳，我总是听不明白他们说什么。时间长了，我居然恐惧电话声，因为我如果不能准确知道电话内容，就无法向上级领导汇报，这会影响工作面生产甚至带来事故隐患。后来，只要电话响起，我的腿都会不由地哆嗦，我胆小如过街老鼠般，在这电话声音的笼罩下，左右挪步，不知藏到何处。我刹那间感觉自己又变回那个自卑又孤僻的废人。

我分析了自身的心理状况，再这么下去，不用多久可能就会得抑郁症，内心十分害怕的我选择了逃避，决定了离开这里。然而，刚坐上班车的我就被妈妈用"亲情牌"善意地骗了回来，她还接二连三地托人给我介绍对象，好把我牢牢拴住。回来后，我像是认命了一般开启混日子模式，混到月底发工资，熬等那三四天休息日。

直到集团组织征文比赛，我方才提起精神，通过总结在煤矿这段时间的生活和感悟，我创作诗歌《矿山颂·红河情》并获得一等奖。紧接着，矿区组织"安全生产月"演讲比赛，我久违的热情被彻底激起，那个意气风发、热血青春的我回来了，原本熄灭的梦想不知不觉被点燃，大家眼中曾经混日子的我，如今变了一个样。

从那以后，我每次下井总会带个小本子，在巷道或变电所休息时，就找个角落坐下来，摆弄好矿灯方向，翻开小本子，把下井的感受、上班的心情记下来。

那时，井下条件差，有些工艺设备落后，很多工作需要人力完成，非常辛苦。我对那段日子的工作、生活记忆犹新，我推过矿车，打过钻，攉过煤，井下很多活儿都干过。六七米长的钢轨上满是矿车，一辆一辆靠人推，沉重的液压支架部件靠绞车和手拉倒链运送。为了不耽误出煤，大家每天都加班加点干，饿了就着馍馍咸菜吃上几口。一个班下来，手被磨出血疱，整张脸上都是黑煤面子，只有那坚定不移的眼神在闪烁光芒。工友们这种吃苦耐劳、扎根奉献的精神让我深受触动，我想把大家的工作生活记录下来，让更多人了解、理解煤矿工人。

我有时上完夜班从井下上来，连澡都没有洗，也顾不得疲劳，就想把一天的所见所闻赶紧记下来。工作虽然辛苦，但我的心里有劲儿。我坚持写了一年后，转岗到政工组，写作从业余爱好变成了工作。

如今的百里煤海，钻机钻孔、电铲采挖、火车运输，每个环节有序地衔接。那操纵钻机排钻布孔的矿工师傅们，那布满煤尘、写满沧桑的脸，那粗糙的大手、满身的油污，让人不由得感动、敬佩，我用笔下的文字展示着煤矿工人质朴、务实的本色。轨道在井巷中延伸，矿车在巷道中奔跑，机器轰隆隆地响，一盏盏明亮的矿灯、一道道聚精会神的目光，打眼、装药、放炮过后，工作面上便堆满了丰收的果实，一张张喜获丰收的面孔映红了我们的心。

能做自己喜欢的事情，我很知足。从井下到地面，从技术员到政工干事，我用手中的笔记录矿井的发展变化和煤矿工人的生活，写作也改变了我的人生。

困在围城里

前些日子，家里托人给我介绍了一位当医生的女孩。女孩叫王晓燕，长相一般，可几乎所有人都觉得她家里条件好，在这个光环下，其他都不再重要了，仿佛她整个人都是无可挑剔的，找上就是赚了，即使我对她没有眼缘，也被妈妈极力撮合。

老一辈的思想就是这样，只看条件不看人，他们那个年代吃的是物质匮乏的亏，对他们而言，日子是过出来的，只要吃得好、穿得好，没有经济负担就是好，条件好那就是好上加好，属于享福的命。没感情可以培养，没钱却是万万不行的。所以，在父母年轻的那个年代，男女结合几乎都是包办婚姻，婚后生活真正能过好的没几个，当他们发现婚姻不是那么回事的时候，那个氛围使人想离又不敢离，接着，家里的长辈给后辈洗脑："都是这么过来的，多包容、多忍让，别小题大做，一受委屈就回娘家，你还以为你小着呢！别做梦了，爱情是电视剧里的，现实生活就是柴米油盐！"

我和王晓燕第一次碰面是在路上。女孩在我家附近的医院工作，尽管之前不认识，但有可能经常擦肩而过。介绍人曾发过来与我相亲的女孩的照片，如今碰到王晓燕，觉得似曾相识，一询问还真的是曾经碰过面。这赶巧不巧的，在还没约正式见面的情况下，我妈妈便激动地直接把她领回家做客，她拗不过我妈，只好略带尴尬和羞涩地跟着过来。

来到家里，妈妈和王晓燕聊了起来，这架势仿佛就是她们俩在谈对象，跟我好像没多大关系。见到女孩本人，我没有兴趣，加上在这种场合下，我更加不爱说话。没想到，女孩倒是对我有点兴趣，时不时地偷瞄，还问我为什么不吭声。我这才有了回应："初认识，有点不好意思。"毕竟到了家就是客人，我除了端茶送水打招呼外，也只能这么说了。

妈妈见状，立刻笑脸附议："就是，你看，我夹在你们年轻人中间，让你们都不方便交流了。明天就是周末了，你们一块吃个饭吧，正好相互了解一下。"

我一听就头晕了，我妈从头至尾都安排完了，却没有询问过我愿不愿，搞得我好像不会谈对象一样。

女孩倒是对我挺有好感的，微微一笑，没有多说什么，待了一会就走了。临走的时候，妈妈都不忘助攻，边说边推我去送送。

我们在这样的情况下约了一起吃饭，这才有了第一次正面交流。交流中，我得知王晓燕平日里还要给上学的老小生活费时，心里不由地对这个女孩有了好感，情绪略激动的我竖起大拇指："这是好事啊！给你点赞。"

也许是在学校接触了演讲的缘故，我很喜欢积极向上的人和事，这种正能量很吸引我。王晓燕被我突然夸赞，倒有点不好意思了。有了这个契机，我们的对话从礼貌性的交谈变成热情主动的交流，我们给彼此都留下了较好的印象。

我们循序进阶地进入了解阶段，可妈妈不想进展这么慢，就叫我去学校找王晓燕。我本能地不愿意，感觉进展太快了。妈妈又变成"恋爱导师"，苦口婆心地一个劲儿地劝说："傻儿子，对象就是这么谈来的，男人得主动点。"

我受不了她这样絮絮叨叨，只能硬着头皮去找王晓燕。到了她宿舍，她又惊又喜，我则显得有些扭扭捏捏，为了掩盖这份不自在，我顺势跟她聊了住宿情况。

王晓燕家住得较远，只好先暂住医院宿舍，而宿舍旁边就是居民楼，晚上会有点吵闹，对于吵闹，她倒也习惯了，但是随着天气渐热，房间也变得闷热，这导致她休息不太好。我打量了一下装了蚊帐的小床，是高低铁架床，我在西安打工时睡的就是这种床，我瞬间想起自己那时候是怎么度过炎热天气的情景了。

"我有办法，你等一下我。"

"不要紧，不用麻烦你了。"

"没事，顺手的事儿。"

我从附近的五金店买了悬挂式小吊扇，挂在上铺支架杆上。我在操作试用风扇的时候不小心把手刮伤了，王晓燕见状立马抓住我的手，关切地询问有没有事，那认真劲儿好像是她自己的手受伤了一样。我自 15 岁离家去外地上学，17 岁早早步入社会起就没有体验过异性这般关爱，头一回有女孩这么关心我。这一个小小的举动感动了我，也感动了王晓燕，我俩就这样不知不觉走在了一起。都说情人眼里出西施，原本对她没有眼缘的我，有了喜欢后，朴实大方的她在我眼里变得好看、耐看。

我们俩从最初的认识到了进一步的了解磨合阶段，虽然也有过争吵，但都没有到分手的地步。而就在此时，妈妈又按捺不住，开始催我结婚，我条件反射地嚷道："不行！从认识到现在只有半年时间，而且又不是天天见面，我还没有完全了解她呢，更何况我现在一点结婚的想法都没有！"

妈妈见我这么抵触，便以过年串门看望为由让我去王晓燕家转转，我想按礼数的话说得过去，便只好应下。

王晓燕家住水沟沿镇，路程较远，妈妈开车带上了我爷爷和二叔。

"这么多人大张旗鼓地去，怕是不好吧？"我疑问道。

"有什么不好的？大过年的，人多热闹，让你爷爷顺便出来转转。"

我虽然感觉有点不对劲，但也没再多说。

来到王晓燕家后，两家人客套一番就闲聊起来。王晓燕她爸对我说的第一句话，我至今还记得："晓燕的工作好着呢吧？！"就这么一句话，从她那自豪满满的父亲嘴里说出来，分量很重。我怎么都没想到和叔叔见面，他的第一句话不是说她女儿人怎么样，而是她的工作怎么样。我一时间不知道怎么接了，只好尴尬又不失礼貌地笑了笑。

闲聊没多久，妈妈不再掩盖，直接切入正题说起这次来的真正意图，那就是跟女方商量订婚的日子来了。女方没有排斥，全场只有我一个人犹如在晴天遭了霹雳一般惊得目瞪口呆，我居然被自己的母亲设局了！因为双方长辈都在，我只能强压住怒火，尽量控制自己的情绪。最后，女方父亲跟我妈一拍即合，决定请当地算命先生来看个好日子。

回去之后，我愤愤不平地对我妈说："我们已经提前说好了，为何临时变卦！我怎么都不会答应，这是我的人生大事，又不是儿戏，你怎么能这么草率地替我做决定呢?！"

"不是你觉得她挺好的吗？你爷爷奶奶都着急了。"

"我目前觉得她还可以，可了解的时间太短了，接触的频率太低了，还没有确定关系，更没有准备好结婚。这个原因已经给你说过了，你怎么就是听不进去呢？我说什么都不答应!"

女方家长得知我们家意见不统一就来上门提亲，很是不悦，王晓燕更是不高兴，因为她已经确定好了，她是愿意的。没过多久，不知道她跟她爸说了什么，她爸爸就责问我是不是不想娶她女儿。这无疑是在逼我做出选择。

无奈之下，我去爷爷家商量，不承想，我的二叔居然瞧不起我，他说："你也不照照镜子，要能找上早就找上了，还用得着我们帮你，能找到这么好的人家是你高攀了!"

我吃惊地望着眼前的二叔，他说的这话简直颠覆他在我心目中的形象。我紧皱眉头，不再理会他，径直走向爷爷奶奶的房间。不料，刚进去，爷爷奶奶就异口同声地说："这个女孩看起来不错，还是个医生，以后照料孩子准没问题，而且我们身体都大不如以前了，只要你成家了，我们也就放心了。"

"那是你们看了觉得好着呢，人得我看，得接触接触才能做决定，接触时间长了才能知道人好不好，更何况我还没到爱她的程度，也没想娶她的想法呢！"

爷爷抓住我的手，继续语重心长地说道："这个女孩穿着朴实，为人大方，父母都是农民，过日子肯定没的说，这是个好女孩，你要珍惜啊，还想找个咋样的呢？只要她把你当人，把你妈当人就行了。"

我心一软，顺着爷爷的说辞，脑海里浮现出王晓燕的身影。目前，我感觉她是挺好的，可现在所有人包括女方都在逼我做出决定，我有种上不去、下不来的感受，拒绝又不好拒绝，也没法拒绝。

我对未来不由产生既担心又憧憬的幻想，思考了许久，最终咬牙答应了。

既然答应了，为了避免双方产生矛盾，我只好让王晓燕给她父亲解释，说我不是不愿意娶他女儿，而是时间有点仓促，还没准备求婚仪式呢。王晓燕的脸色马上由低沉变成了欢快，立即赶回家去。

事情刚落定，算命先生看日子的结果就出来了，是"二八月"。结婚的日子一般由男方来定，我提议国庆节最好，实在不行就选在八月。可妈妈担心这期间有变故，为避免夜长梦多再次联合家里的所有长辈说服我。家里没有一个人站在我的立场，在他们统一的"攻势"下，我纵有万般不情愿，也只能无奈地再次妥协，我只好安慰自己，反正已经答应了，结婚是迟早的事儿。

婚后，因为我工作的性质，离家比较远，每天早早起来赶去矿上的车，中午没有回家，只有到晚上才回来，吃完晚饭也就八九点钟了，再过一个多小时就得上床睡觉，否则第二天就没法早起赶车，所以，夫妻两个人在一起的时间比较短，这导致她经常抱怨，我们的感情似乎还没热起来就开始凉了。

过了数月，煤业集团开展内部招聘，下属的地面单位供销公司招聘销售人员。我有五年的销售经验，尽管内心不想再从事销售，可为了避免我和王晓燕之间的矛盾恶化，就报名参加供销公司销售人员的招聘，如此一来就能在离家近些的地方工作。我在准备面试的几天里，从商的往事就像看电影一样在脑海里一幕幕地回放。

长期在浴火中锤炼而感受不到疼痛，可一旦向上攀爬，身体犹如留下了滚汤的烙印一般刺晕难忍。

从商的经历

结束"西漂"回家乡从商那年，我刚好 18 岁。我从街边摆地摊叫卖牙刷开始锻炼，想体验下爸爸当年是如何白手起家的，并从中获取经验。

大清早，我推着货车伴随着周边店面响起《最炫民族风》的歌声来到最繁华的商业街，趁这会儿没几个出摊的人，我抢先在客流密集处占了个好地儿，麻溜儿地支摊摆放好牙刷。

做生意最讲究天时地利人和，在这晴空万里的当下，没过一会儿，对面走来两个打扮时髦的妇女，她们挎着包有说有笑地指指这指指那，我手拿牙刷笑脸迎了上去："打扰一下，两位大姐要牙刷吗？一元一个，厂家直销，软毛、硬毛都有，两位瞧瞧。"我边说边将手里的牙刷在她们面前亮了出来，她们便将牙刷拿到眼前端详。

"摊位上还有别的样式，过来挑选下吧。"

她们在我的指引下走过来看。

"放心拿！超市都有卖的，假一赔十。"

她们微微点头，每人挑选了好几个牙刷，其中一位还说："正好家里没牙刷了，这牙刷两个月就得换一次。"

我笑呵呵地附议："大姐说的是啊！"

就这样，我通过主动出击有了开门红。

大约到了早上9点钟，周围的店铺陆陆续续都开门了，旁边两元店的电子喇叭响了起来："本店房租到期，清仓大甩卖！清仓大甩卖！两块钱你买不到吃亏，两块钱你买不到上当，走过路过千万不要错过，清仓大甩卖！……"

听到喇叭声，我突然有了灵感，润了润嗓子也吆喝起来："牙刷一元一个，厂家直销，瞧一瞧看一看哟！大人小孩的牙刷都有，款式多样！"我跟"喇叭"叫卖，它一句，我一句的，好不热闹，经过的路人都被吸引过来，我小摊的生意变得越来越红火。

我总结了下销售经验：小摊周围没人的时候，我得吆喝让远处的人感到好奇，把他们吸引过来；小摊周围人多的时候，我还得吆喝，大家看见一堆人，更加好奇想过来瞅瞅，顾客就会变得更多。

我从早喊到晚，小摊时常被围成一团，成为整条街的焦点。

天气热了，我便买瓶矿泉水解渴，喝完将剩下的水倒在头上，一下子就精神了许多，甩了甩头发继续干。旁边卖枣的大姐用赞许的眼光看着我，并给了我几个枣以示鼓励，我心里一暖，得到了认可，我高兴得像个孩子一样，边吃枣边憨憨地笑了笑。

到了下午6点多，逛街的人越来越少，我努力"冲刺"，连摆摊卖小孩布鞋的老奶奶都没有放过，凑过去刚说两句，老奶奶便摆摆手："小伙子，我都没有牙齿了，还怎么刷牙呀？"说罢，张开嘴用手指了指。我不好意思地摸了下脑袋，尴尬地笑了笑，周围的人看到这番情景也是一阵哄笑。

我在这欢快的笑声中结束了第一天的地摊生意，数了下，总共卖了186把牙刷。这一天，这个数字对我而言很有意义，我牢牢地记了下来。

过了几天，天气不怎么好，我便想偷懒不出去摆摊，结果被老爸说了一顿："阿兴，你就这点能耐？"我瞬间被激发出了斗志，含了块西瓜霜片继续"战斗"。收摊后，我告诉老爸："今天又卖了100多把牙刷！"老爸惊喜地笑道："嘿，你小子行啊！今天天气不好，老爸才开了个张，大店生意还不如你小摊生意好呢！"我俩相视而笑。

"对了，老爸！我以后找个怎么样的女孩呢？"

"只要你喜欢就好，到时候老爸一定给你风风光光办一场！"

我心想，有老爸真好。

记得老爸在我很小的时候，便一边去厂里工作一边去日化店做兼职。尽管这样努力赚钱，在那个年代，收入还是有些微薄，可老爸对我的需求都会尽力满足。有一次，我去逛书店，随意取了本书翻动了几页，那书店的老板就用那藐视的目光看着我，还嚷道："去！去！小孩没钱看什么看！"自尊心强的我眼里闪着泪光，忍住没有哭出来，跑去找老爸，老爸来了二话没说买了那本《成语故事》，老板瞬间变得点头哈腰。那本书的价格相当于老爸一天的工钱了。从那一刻起，老爸在我心中树立了高大的形象。

后来，老爸到处筹钱，通过"借鸡下蛋"实现了他自己的创业梦想，并起店名为"圆梦化妆品城"，他告诉我，起这个名字一方面是让更多女人实现美丽的梦，一方面则是圆了自己的梦。老爸为追求梦想不断拼搏的精神在我心中刻下深深印记，我希望自己有一天能像他一样有所作为。

过了两周，锻炼得差不多的我进店学习如何销售日化产品，也正式开始了我五年的商业生涯。

我刚入门学习日化护肤品时，一边看别人怎么卖货，一边看着产品说明书，研究了好几天，可还是一头雾水。没过多久，店面搞活动，厂家派来了一名美导来帮忙，她的到来成为我步入新行业的第一个考验。

初次见面时，正值青春年少的我瞬间被这个美导的美丽容颜深深吸引，她穿着一件较宽松的白色短袖 T 恤，身材丰满，一条浅蓝色九分牛仔裤使她腰腹部紧致、臀部挺翘，一双洁白的帆布鞋穿在她小巧的脚上，看起来那么活泼可人，如此普通、休闲的服装，也难掩其凹凸有致的线条美感。

"你好，阿兴！叫我娜娜就行，请多多关照。"她边说边大方地伸出手来向我问好。连声音都这么悦耳好听，笑起来的样子更为动人，两片薄薄的嘴唇在笑，长长的眼睛在笑，脸上两个酒窝也在笑。她就像一股自然香风一般吸引人。"你好，娜娜，欢迎你。"我很开心地轻轻握住她的手。

晚上我到爷爷家玩，打开电视不断换台，不一会儿将遥控器丢到沙发的一边，抬头看了看客厅墙壁上贴的几幅山水画，不由得称赞："真美，她美得像画中人一样。"

情窦初开的我最终没有按捺住，从兜里拿出小纸条，按上面的电话号码拨了过去，接通了后，我以尽地主之谊带她去逛逛为由约她出来，她随即爽快地答应了。于是，我对着镜子麻利地拾掇了下发型，然后就匆匆出了门。

我带她来到广场溜达，像导游一样给她讲解这里的风土人情。没一会儿，娜娜就很自然地挽住了我的胳膊，我故作淡定，继续向前走，小心脏却已经"扑通扑通"地跳个不停，脸上也泛红。接下来的日子里，我们只要一有空就会粘在一块。

娜娜要走的前一天晚上，我们去打了羽毛球，挥汗玩耍了一小时，她领我去她住的宾馆吃西瓜。房间里只有一把勺子，娜娜时不时用勺子喂我，接着我俩干脆共用一勺。吃完，我们躺在床上闲聊，我看着头上那透明的灯泡，伴随着钟表声一下一下地呼吸着。

娜娜用手将我的脑袋转了过来，并小声说道："闭上眼。"我乖巧地照做，她看后抿嘴一笑，直接对着我吻了过来，像老师教学生一般，教我如何品尝比西瓜更美味的东西。我不由说道："娜娜，你太迷人了，我已经被你迷住了。"她的神情突然变得严肃："今晚到此为止，不可以干别的哦！"我连连点头，娜娜笑了笑，用床边的小扇子帮我扇风。我望着眼前这个比我大好几岁的女孩，此时她已经脱掉外套，上身只穿了一件吊带背心，皮肤嫩白光滑，在她的锁骨下方纹了一朵玫瑰，手腕有几处刀片刮过的痕迹，看到这，我好奇地问了下，她以不小心刮伤为由掩盖了过去，并用手指点了下我的脑门："你该走啦，时间不早了。"我一脸不悦地说："再待一会儿吧，就五分钟。"

没过一会儿，五分钟就到了，我被娜娜拉了起来，临走时，我抱住她："真希望这一刻能变得长久些。"

"这还不容易，跟我一起走，我们就能一直在一起了。"

我愣了一下，待了片刻，便回去了。

第二天，她问我考虑得怎么样。我思索了片刻，说："娜娜，跟你在一块的这段时光虽然短暂但十分美好，我很感谢你的出现，可我不能跟你一起走，我得留在煤矿，因为我的父母在这里，我得孝顺他们，我的事业也在这里，我要好好奋斗，希望有一天我的销售水平能够超越你。"她略带微笑地说："尊重你的选择，相信你一定行，好好加油，做出成绩来。"我眼神坚定地看着她，重重地点了下头。

我给娜娜买了些零食，并将她送到车站。在班车即将出发前，她又问我到底跟不跟她走，我像个长辈一样温柔地抚摸着她的长发，微微一笑："我回去了，你照顾好自己。"然后头也不回地扬长而去，尽管万般不舍，可我也没有办法。我知道残酷的社会现实，得有江山才有美人，我就是在外面混得不好才回来的，在大城市里我给不了她什么，更给不了她一个家。这也许就是我命中要过的"美人关"吧，我暗想，一定要干出一番事业来。

她走后，我干劲更足。虽然对高端女士护肤品的销售还是没有头绪，但对一些男士护肤产品和洗头膏等日常用品的销售，我已经得心应手。

过了一段时间，店里招了几个新人，其中有三个是跟我年龄相仿的女孩，还有一个年龄较大的女士。这位女士有销售经验，不仅会卖货、做护理，还拉来一批新客户，老爸因此很器重她。她唯一不好的地方就是懒。有一次，大家都在干活，她居然在嗑瓜子，我说了她还不听。我当时很生气，但控制住了自己的情绪，因为新人还没有培养出来，包括我自己，现在很需要能上手的销售人员。我暗暗发誓，一定要把各种护肤品推销给各种人！我当晚开始加班学习，在学习时想起了老爸当年，以前每当我下晚自习回家，都会看见老爸在台灯下手拿相关资料刻苦钻研。

通过这件事情，我快速地成长，终于在某一天我成功卖出去了单价200多元的女士护肤品。那顾客笑称："我自己家有护肤品，但还是被你说得又买了。"我瞬间有了成就感和自信心。

我把销售心得告诉几个新人，让他们也快速成长起来，可护理室还缺人手。我心想，既然自己学不了就让其他人去学，这样那位女士就得掂量掂量自己了。女孩们跟这位女士学习护理期间，我为了让她们顺利地学会，不仅一忍再忍，还主动向那位女士示好，与她唠家常。

在她们来店差不多半年后，店里频繁发生盗窃事件，有的人要么没了手机，要么没了戒指，就连店里的商品也常有缺失。我发现每次有人丢东西时，那位女士都会请假，这般巧合引起了我的怀疑，我便让自己一手培养起来的其中一个女孩留意她的举止。

没过几天，女孩悄悄告诉我那位女士将一个物品偷偷放进她在柜台下的盒子里。我得知后转告了老爸，老爸跟她私下交谈完请她走人了。事后，老爸告诉我，不要声张此事，她一个人还要拉扯好几个孩子呢，这件事就算过去了。我点头会意。

随之，我迎来了自己商业生涯的顶峰，同时这也是我走向堕落的开始。

国庆节前夕，我着手策划活动方案。从活动宣传单到现场布置，每一个环节我都在脑海里过了一遍又一遍，甚至有时睡到半夜有了灵感也会立马起来记下，生怕忘了。

活动开始的当天，我给众人分配了工作，两人在外面一边发宣传单一边看特价产品，这些特价产品不仅有我早期摆地摊时的牙刷，还有其他比较实惠、实用的日常用品，剩余的人跟厂家美导在店内卖货，店内和店外的工作人员每两个小时一倒班，我自己则拿起麦克风吆喝并掌控全场。人们如潮水一般，一股一股地涌了进来，店内、店外满是人。

这次活动做得很成功，当晚大伙一起聚餐庆祝。可谁也没想到，这将是我和老爸一起吃的最后一顿晚餐。第二天早上，妈妈突然喊我："阿兴，快来！你爸咋不动了！"我吓得连忙爬起来，冲了过来，只见老爸脸色苍白，手脚很冰凉，我急忙用手来给他取暖。到底怎么回事？我慌张地打120急救电话，随后穿好衣服跑下楼等救护车的到来。此时，我脑子里一片空白，眼睛直勾勾地望着前方。救护人员来了，告诉我们，人已经走了3个多小时了。片刻后，我才反应过来，发出撕心裂肺的哭喊声……

"老爸就这么走了吗？他这一走，把我的魂也带走了。他是我的榜样，更是家里的精神支柱啊！"我瘫坐在地上，用尽浑身的力气朝天呐喊："爸！爸！……"我始终无法相信这是真的，我多么希望他能听见自己的呼唤声。

送别老爸那天，我跪着烧完纸钱，木然地望向袅袅升起的轻烟，突然一阵小小的风将轻烟吹到了我面前，又慢慢地消失了。姑奶奶说这是孩子他爹舍不得他孩子。

数日后，我从一个意气风发的小伙子变成了一个满脸胡茬的邋遢大叔，天天玩电脑游戏来排遣内心的苦楚，体形也肥胖了许多。以前店里进货都是老爸开车送我去车站，当我走在那熟悉的进货路上时，不由流下眼泪，因为这一路都留有我和老爸一起走过的痕迹，都有我们的故事。

我沉浸在痛苦中无法自拔，这样的生活持续了一年多，直到有一个厂家召开培训会，妈妈让我去转转散散心。

培训第一天，庞老师将大家分为六个小组，并以小组为单位进行比赛，培训期间得分高的小组，老师将给予奖励。庞老师一边讲解一边提问，每次刚提出问题，我脑子里立刻就有了答案，可半天没人应答，庞老师有点生气，我便举手回答帮忙带动氛围。第二天早上，庞老师讲销售的实战经验，我听到一半时就露出了惊讶的神情，讲课内容几乎跟我总结的销售方法一模一样。我顿时来了精神，身子端正地坐了起来，眼里也冒出激动的目光。

到了下午，因为我迟到，小组的分数被扣了。作为组长的我，心里很不是滋味，为了表达歉意，一堂课结束后，我给大家唱了一首歌，当我唱到高潮时，台下的组员跟我一起合唱。下台后，组员异口同声地喊道："阿兴、阿兴，你最棒！"刹那间，我脸红了，露出久违的笑容。在后面的培训里，那些从没举过手答题的组员变得很勇敢。培训结束，我们小组从倒数第一名追到了正数第一名！

我培训回来后，在店里进行了一系列的变革。先从装修店面开始，不但换了新柜台和货架，还精心设计了门头。门头以灰色系为主，用欧式古典花纹按比例喷到上面，将店名"圆梦化妆品城"改为"圆梦日化"。紧接着，我接了几个新品牌护肤品，替换了销量少的产品，这些新产品卖得很火爆，回头客很多，销售额有了明显提升。接着，我又选择了一款高端彩妆品牌，我想既然有了彩妆就得会化妆，可店员们的化妆技术并没有达到专业水准，而且店员还有随时走的可能性。为了店铺的长远发展，我只得自己去厂家学习，回来再教店员。经过整装再出发，我挑起大梁，成为商业街里独当一面的年轻商人。

走上销售路

煤矿是以生产煤炭为主，供销公司则是以进购材料和销售煤炭为主。我基本符合供销公司对销售人员的招聘要求，加上具备一定销售工作经验，我在集团的内部招聘中被优先聘用。我从生产一线转到销售一线，那一刻，我有了一种转了一圈又干回老本行的感觉，我是又"从商"了，还是又开始"漂泊"了？

刚上班没几天，我被安排和区域副经理李哥一起出差，去临夏调研摸排供暖市场，长达 11 天的用户走访经历为我快速进入新角色打好了基础。

"咱们现在的销售难度很大，这次摸排的地区经济相对落后，不仅工业少，而且环保政策力度大，用煤需求严重受到了影响。"李哥一路上给我讲解区域市场的情况。

"那岂不是没有前景了？"

"煤炭的能源主体地位短期内不会改变，市场是跑出来的，我们要有屡败屡战的精神和洞察市场的眼力。你看，每个县平均有 3 个供暖用户，我们通过了解对方企业的生产经营、用煤渠道等来做出判断和应对方案，在后期，我们及时跟进，保持联络。就算这次没有达成合作，也起码了解了目前的市场情况，留下了用户信息，以后随着市场的变化肯定还会有机会的，所以要有信心，好好干，越困难的地方越能锻炼人啊！"李哥语重心长地开导我。

我们来到康乐县的一家私人供热公司，该公司主要在老城区提供集中供暖服务，年用煤量 1.6 万吨，现有库存煤 0.7 万吨，目前的购的煤来自于靖远某小煤窑。该公司的刘总一开始见了我们，没有丝毫的热情，还没待我们讲完就一口否决，借故有事就要走，在我们穷追不舍下，才略作考虑，说到时候看吧。

我们留下联系方式就赶往下一家公司。这是当地县区的另外一家私企，为城东新区提供供暖服务，年用煤量 1.2 万吨，现无库存煤。近期因环保检查，其厂区正在建设半封闭的煤棚、渣棚，预计 9 月中旬工程结束后开始采购煤炭。这家私企的主管张总见我们来了，热情接待，不仅领我们参观了锅炉现场，还邀请我们在办公室一边饮用茶水一边详谈。

张总告诉我们："去年公司由私营贸易商垫资发运榆林煤，因硫分超标，使用效果不佳，今年正努力筹借资金，将视资金筹措情况，派专人赴煤矿实地考察煤质，可以尝试跟你们合作。"

我们洽谈完，留下各自的联系方式便离开了。

在车上，我高兴地对李哥说："这个公司有合作意向，没准能成！"

李哥叹了口气："没听人家说视资金筹措情况而定吗？咱们公司规定先款后煤，不容许垫资发运，没钱就没戏，等着看吧。"

我点了点头，一边思考一边用手机寻找去下一站的具体路线以及当地住宿。我们到达东乡县，刚下车一丝凉风就扑面吹来，我瞬间哆嗦了下，说："这地儿可比咱们那儿冷多了。"李哥笑了笑："全城都在山坡坡上，肯定冷了。"

我和李哥到附近的商店买包烟，顺便了解当地的供暖情况，看店的小姑娘说："我们这儿不用煤了，响应国家环保政策，从去年开始就施行煤改气啦。"

"煤改气？那成本可比煤要贵一倍多呢！"

"可不！我们都用不起，平日里就硬抗，实在冻得不行就用电热扇和电褥子。"

随后，我们去东乡县供热站进一步了解情况，正如小姑娘所言，他们不再用煤。

我意识到这个新平台上的销售工作跟我以前的销售经历虽有相似之处，可也有本质上的区别，而且市场开发越加困难。我不仅有了压力，而且有了新的挑战和更多的学习需求。

我们乘班车去，坐火车归。这种似曾相识的"漂泊"的感觉浮上心头，我已经好几年没有坐过火车了，当我再次以打工人的身份乘坐时，不禁回忆起最初参加工作的往事。

当时，滚滚前行的火车，载着一颗颗荡漾的心向山外疾驰而去。

我第一份工作就职于中铁分公司，当时住在偏远村庄的一栋常年没有翻新过的出租楼里。我刚进去房间就看到七八个穿着迷彩服的男人围着小桌子一起打牌。我在屋子里随意找到几块木板，拼起来做成了一张床，可入睡没一会儿就被冻醒，原来窗户上的玻璃破了好大一个口子，冷风呼呼地吹来，我只能在薄薄的军被上多盖些衣服来取暖。

"要给我们清算工钱了！"某天的一个清晨，不知谁的喊叫声将我吵醒。发生了什么情况呢？大家伙依旧围在那里，只不过这次没有打牌，而是一个个嘴里叼着烟，脸上都挂着笑容，而且笑里带着期盼，带着开心，带着幸福！

然而，就在这一刻，老张突然骂骂咧咧地走了进来，愤怒地嚷道："队长说好的，收麦季没回家的，每人补助五百元，可管财务那哈皮不认账！"

大家伙听了，都一下子火了，瞬间一个个狼嚎似的咆哮起来："凭什么不给我们发钱？他们当官的，一天吃的是山珍海味、坐的是高档小轿车，今儿要是不给个说法，一定跟他们闹个没完！"

老张带着大家伙就准备去找领导。这时，一个光头壮汉一把抓住老张的衣服领子，恶狠狠地讲："你再闹事，老子现在就把你给废了！"老张吓得瞪着一双大眼，惊恐而又无助地看向其他人。

平日里，大家都叫这个光头壮汉薛老大，薛老大是大伙的头儿，此人为人仗义，年前带着弟弟和村子里几个青年人一起进城打工，在这个队伍里有一定的号召力。

薛老大见大家停止了步伐，松开了手："这个事，我来协调，事情搞大了，对谁都不好。"

顷刻之间，大伙都过来劝老张不要感情用事，还是先想办法把事情解决了。面对大伙热心而又关切的劝说，老张再也抑制不住心底的悲楚，蹲下身子双手捂着脸痛哭起来。我看在眼里，心想，这些大老爷们平时看起来大大咧咧，却没想到如此不容易，他们在工地卖力拼命地干活，到头来连应得的钱都要被克扣。

薛老大找队里的领导好说不行，最后就丢下了一句话："如果不把老张等人的问题解决好，以后我们就不来了!"至此，不知是队里的领导觉得理亏，还是出于"以后好招人"的原因，终于答应把钱补发齐全。

出发前，薛老大给大伙出了个主意，为了来年的生计，别把局面弄得太僵，领钱的时候顺便给那"哈皮"买两瓶酒。众人没有吭声，都默默地点了点头。

大家伙最终得偿所愿，可对于这场胜利，却感觉不到喜悦和激动，手里捧着这些钱，仿佛是捧着一座山，一座用血汗、辛酸、委屈堆积起来的无形而又沉重的山。

第二天，我和农民工大哥们一起赶到市区的火车站，因为是春运，大家都只买到了站票。老张悄悄对我说："等下一开车门，你就麻溜儿地挤到卫生间，把那地用行李包给占了，我们给你打掩护。"我似懂非懂地"哦"了一声。当我们抢到"阵地"后，我和另外一个老哥坐在卫生间外的洗手台池两端时，方才明白了老张所说的缘由，一路上大家在这个"座位"互换着休息。

车轮滚滚，火车在钢轨上急速行驶。渐行渐远的，是吃了一年的苦、受了一年的累；越来越近的，是想了一年的家、做了一年的梦。

"马上就要到家了，终于能老婆孩子热炕头了。"老张微微仰着脑袋，和颜悦色地跟我唠起了家常。"我们一家五口人，儿子刚上小学，媳妇照顾体弱多病的老人，得空就帮忙干农活。我得多挣点钱供儿子读书以及支撑这个家，平时都在外面跑，只能用电话来教导儿子，自己读的书少，有很多事情想得到却说不出来，只希望儿子以后能够出人头地，不要像我一样就好。"

在聊到儿子时，老张停顿了片刻，又接着说："每当见到家人，心里不由得高兴，可在家没待几天又得出发。记得去年，我半夜起来要赶火车，走到门口，忽然放下行李返身回到床边，轻轻掀开被子，俯身摸了下儿子那攥紧的小手，并在嫩嫩的、红扑扑的脸颊上温柔地亲了又亲。媳妇的眼睛立刻就湿润了。我别过头抿了下嘴，再次来到门口将门拉上，用手指擦了下眼角，呼了一口气，背起大大的蛇皮袋，跟老乡一起向火车站方向走去。我有时会想，像我们这样常年在外打工的人，对得起勤俭持家、养老扶幼的媳妇吗？还让她一年到头在家守着活寡。然而，不出来打工，一家人又该怎么生活呢？"老张双眼泛红，说着说着就只剩下了叹息声……

我的心也随即沉重了起来，望着车窗外一闪而过的那些山坡和原野，不停地想：是单纯为了生计，还是为了自己的那份初心和出于对信念的坚守，才不停地奔波？"

如今，那些朝气蓬勃的小伙子、活泼靓丽的女孩儿依然一拨一拨地涌进城市里，成为新时代的城市建设者，他们是城市新鲜的血液，不只是接父辈的力，更是城市的希望。

这画面随光阴不停流转，车轮滚滚向前的列车也总能带给我特别的触动。现在转行做煤炭销售工作的我，在各大中小城市之间穿梭的时候，常会不由自主地移步到曾经休憩过的"老地方"回忆往事。

回到单位，我着手写此行的调研报告，并联系有合作意向的客户。李哥报销完发票，休息了几天就独自出差到欠款的公司要款。

到了年底，单位召开工作总结会议，按照以往的惯例，参会人员是副科级以上干部，我们的一把手吴总这次却让销售人员也一起参加。

这是我第二次来到会议室，第一次来是参加晨会，汇报部门任务指标的完成情况，上周做了哪些工作，本周计划做哪些工作以及工作中出现了哪些问题，等等。这个活儿，本来是比我早来两年的一个同事干的，他不擅长写作，每次都拿上一次出好的材料原样不动地找领导修改。有一次，这个同事请假不在单位，我按照自己的理解写完报告拿给主管我们的陈经理看，他一看就看出了我写的跟那个同事写的有明显的区别，起码我是动脑子写的了。从此，我有了更多的学习锻炼的机会。

每次晨会汇报工作，给我的感觉就是有气无力，领导讲完话，轮到相关部室人员拿着稿子念，基本都是一个声调，有的声音甚至小得估计只有他自己和邻座的人才能听清楚吧，稍微离远点的人都紧锁眉眼、全神贯注地竖着耳朵听。

记得我第一次参加晨会的时候，我讲话的声音洪亮，该停顿的地方停顿，内容好坏且不说，但有一点是肯定的，那就是全场的人都听清楚了，都听明白了。

会后，我忙其他业务找领导签字时，魏书记看到我，十分高兴地说："你小子平时跟人说话很平和，会上讲话声音倒洪亮得很，仿佛变了一个人似的，让人耳目一新啊！"

我挠挠头，有点不好意思地说："魏书记，如何说话得分场合不是！"

"哈哈，没错，好好干！"

回想那一次晨会，我的讲话是在会前做了准备的，而在这次的工作总结大会上，我没有一点准备就被叫了上来，我们几个销售人员你看我、我看你，不知如何是好，大家只有想看看前面的人如何说，再根据他们的模板想想怎么发言。内容大体是自己今年做了哪些事，完成了多少业绩，明年有什么计划安排。我一听顿时就慌了神，我才小半年，能把工作环节掌握好就算不错了，哪有什么成绩可说呢？想了又想，有了！我把上周协调装车的事汇报一下吧。

我把这次讲话当成即兴演讲，快速组织语言，脑海里演练起来。由于我对这次工作讲话很重视，心里不由得既激动又紧张，手心都冒出了汗，衣服脱了又穿上。

　　大家都是坐着讲话的，我感觉坐着讲这些话有点拘束，拉不展反而会讲不好。到我讲话时，我站了起来，说："我有点紧张，所以站起来说吧。"众人笑了笑，没有阻拦。

　　稍作停顿后，我开口说："前面，杨经理说到开拓市场的话题，我想了想，我来到咱们单位仅半年时间，还没有打江山的成绩和经验，但我有守江山的体会和建议。从上周开始，我连续协调服务了两个供暖用户，第一个用户难度不大，而第二个用户比较难啃，主要原因是装车的煤质出现了问题，对方派过来盯装车的罗工情绪很不好。在下矿的路上，我一边了解情况以便'对症下药'，一边与他聊天缓解气氛。到了矿区，我围绕着煤质负责人、煤场、用户三点展开工作，我先去负责人那儿进行协调，在协调期间，还不断安抚罗工，盘了一早上终于跟他达成一致。可到了装车环节又出现了问题，我在煤场陪罗工一起盯装车，发现铲车司机才装了3车便一声不吭地开到另一个煤堆给其他用户装煤去了，当时别说罗工生气，就连我也生气了！我还一边安抚罗工，一边跟领导和小铲车司机进行沟通协调，抓紧解决眼前的事。事情处理完，罗工虽然满意但害怕这是暂时的，我对他说：

'放心吧老哥，我一定会把暂时变成永恒！'那天过后，我从第一辆车进煤场到最后一辆车出去一直站在那儿盯装，图的就是让我们跟用户都心安。"

"销售工作，我认为最重要的就是诚信第一、服务第一！只有把诚信、服务放在第一位，用户才会信任我们，双方的合作关系才会更加稳固长久。"讲到这里，我的声调也跟着高了起来，完全进入了状态。众人听得认真，听得真切，尤其那句"诚信第一、服务第一"，是我边打着手势边用劲喊出来的，众人听得不由直起了身子，端正地坐起来。

我没有停顿，继续讲话："我就两个建议：第一，加强矿方工作人员的服务意识，确保各个环节能够让用户满意；第二，加强本单位销售人员的综合培训，提高销售队伍的整体素质和硬核技能。我刚来单位的时候，就听老销售人员说他们以前是怎么怎么培训的，我听了很羡慕，其实销售挺锻炼人的，它涉及的面很广，就连财务相关知识都得懂一些，我们都可以学习了解下嘛。"

到了尾声，我的讲话由激情的演讲转向娓娓道来，就像聊天一样说出自己的想法和向往，表达了自己想学习进步的决心，提到"财务"时，财务部长笑眯眯地看向我。

我讲完话坐下，轮到煤质部部长发言，他汇报完煤质情况后，继续发言，讲到必须对矿方人员的服务意识加以重视，应该将这一点上报集团领导。我一听，心想，看来我讲到点子上了。

所有人发言完，原本眉头不展的吴总变得精神振奋，讲的话都带着激动和喜悦的语气："我对于新年的指标任务是信心满满，我们一定能够克服困难，再创辉煌！给职工家属、集团公司，还有我们自己一份满意的答卷！"

吴总还委婉地表扬了我的主管领导陈经理，并当场决定要给职工花钱外请培训，那架势真可谓是"龙颜大悦"。

主持会议的杨经理做收尾讲话："这一次把销售人员都叫上来一起开会，一方面是想让年轻人多锻炼锻炼，另一方面是看看公司里都有哪些潜力股。阿兴，刚开始讲话是紧张了，但该说的都说了。希望大家以后都能把自己的销售经验也像阿兴这样分享出来，我们互相学习进步。本次会议到此结束。"

第二天，陈经理叫我来他的办公室，说："你昨天上午刚发完言，我和吴总当晚就约了管煤场的副矿长解决铲车司机服务不到位的事情。我给吴总说你悟性好，好好干，大家都看好你。"

我连连点头，没想到这件事处理得还挺麻利的。

"对了，陈经理，年底公司举办"迎新春庆元旦职工长跑"活动，你猜我能拿第几名？"

"哈哈，不知道。"

"我能拿第四名！"我自信地说道。

"好！祝你马到成功，我等你的好消息！"

"哈哈哈！"我们相视而笑。

当时，我和陈经理相处得很好，他手下严重缺人，尤其是可以"冲锋陷阵"的人，我正好勤奋向上，同时我也需要他的指导，我们相互需要。在工作上，有了他的指点，我进步很快，内心对他是充满感激的。

我因为来到新单位的时间不长，在矿上时也没机会锻炼跑步，所以大致了解了单位平时经常跑步的几个人，然后根据自己的实力，赶在赛前的十几天里提升下水平，定了第四名的目标。

比赛当天，我抱着全力以赴的心态，从哨子一响起就加速奔跑，跑到最后，我心跳得厉害，脸颊又红又烫，坚持跑到了终点，如愿得了第四名。我拖着疲惫的身躯，气喘吁吁地回办公室休息。

我休息好之后，就来到陈经理办公室告诉他喜讯。在闲聊之际，我又树立了新的目标："陈经理，在新的一年里，我要至少开发一个用户，下次跑步比赛则要拿前三名！"

有了目标就有了动力，实现它的概率就会变高，对别人许下的诺言像军令状一般，在我身上起到了积极的心理效应。我经常用这种办法激励、鞭策自己不断前进。

婚姻的变故

调到供销公司后，我有时候会出差，但跟以前比有了很多的空余时间，经常可以按时回家，帮助王晓燕分担家务，和给她应有的陪伴。可是，两个人也因为接触频繁了，很多毛病逐渐暴露了出来。

起初，我以为她是那种会过日子的女人，一个很疼爱自己妹妹的姐姐，独立自主的"女汉子"。没想到，中秋节买的月饼在我几番提醒下，她竟然一口没吃，直至放坏扔掉，我交给她存的钱也所剩无几。因为家里的姐妹多，她分到的爱就少，她父母偏爱小妹，她因此变得私心重，小姨子向她没要到生活费就让岳父来张口催她，当着我的面，她极不情愿的地给她妹妹通过微信转了账。我当时很震惊，有了一种上当受骗的感觉，原来她身上曾经吸引我的那些优点全是假的！

她还有很强的占有欲，那极端的粘人方式使我们的缘分彻底走到了头。

有一次，我接她下班回来，陪她吃了个火龙果，我看家里的牛奶没有了，就准备下楼去买，顺便活动下。不料，她当场发火，不准我去买，就想让我跟她粘在一起。就连吃饭时，我跟我妈聊了几句，一时没跟她说话，她都生气。我就纳闷了，心想：至于吗?！你跟你们家人说话我都没什么意见呢，这不是很正常吗?！

还有一次，爷爷来家里吃饭，我本来答应陪她看电影的，可爷爷好不容易来一次，我当然得陪爷爷说说话了，不可能吃完饭就把老人家赶回去吧。电影时间快到了，她没有跟我商量就一个人气冲冲地看去了，我则留下来陪爷爷。王晓燕看完电影回来，我没有怪她，她反而给我甩个脸，埋怨我没陪她。电影院每周上新片，我都会陪她去看，就一次没看成，还是因为遇上爷爷来家里这种特殊情况，她就这般生气。我后悔得肠子都要青了，我当初眼拙，怎么找了这么个心智不成熟的小女孩呢?！她也就比我小两岁而已呀！

她太爱我了，结婚之前就已经达到了爱的程度，可我还没达到爱的程度，我还没做好结婚的准备，我在结婚前后区别不大，可她判若两人，判若两人啊！

每次中午上班，她都要把拉扯半天不让我走，每每差点迟到。我感到窒息，我快崩溃了，仿佛对未来也看到了尽头。从小渴望独立自主的我一直在与我妈抗衡，这里原本只有一个鸟笼，如今升级为双层强固型。

她变得越发疯狂，就连早上的晨跑也要跟着我一起跑，我完全没有了自己的空间，在跑的途中，一大叔呐喊练嗓，我突然也想喊一嗓子，便停下来对着天空一声吼，这撕心裂肺的一声吼竟宣泄了我心底压抑许久的情绪。

她听到吼声转身过来询问，我害怕、厌烦地冲她喊道："你跑你的，别管我！让我一个人待会。"一向强势的她没想到一直以来都迁就她的我会冲她嚷嚷，她这一次没有发脾气，默默地先回了。

我受不了，我的底线被她戳完了。回到家，我看到她的双手向我抓来，我眼瞳放大，呆立不动，在她即将抓到我的那一刻，我用力挥开她的手，惊恐得连连倒退，嘴里不时喊叫："离我远点，离我远点！"

妈妈出来问怎么了，我由惊恐变得愤怒："都是你逼我结婚的，你把我送进了火坑，你从小折磨我就算了，现在还两个人一起折磨我，你们不是人，你们是魔鬼！"

我嘶吼着，像发疯了一样，随手拿起旁边的东西往地上乱扔，我连根拔起家里的绿植，将花叶胡乱撕扯，还没解恨的我握紧拳头朝厨房的玻璃门重重砸了一拳，无数玻璃碎片随即撒落，划伤我的胳膊和小腿。

王晓燕和妈妈都害怕了，站在原地一动都不敢动，因为一直以来我的脾气都是那么好，她们没想到我会发那么大的火。我就像一个气球一样，你们不断触碰我的底线，一直那么过分，当气球撑不下了就会爆炸！

我不顾被玻璃碎片刮伤还在流血的伤口，带着恨意绕开她们，下楼买了创可贴就去了单位。我连着几天都没有回家里住，任凭王晓燕怎么联系我，我都无动于衷，铁了心不想过了。

妈妈劝告我："谁都有些缺点，她知道错就行了，好好过日子吧，大家都是这么磨合过来的。"

我连忙打断她的话："别拿这老一套的说辞来大事化小、小事化了！她跟你一样本性难移，我纯粹是找了第二个妈，这日子没法过了，我受不了，我不想跟她过了！"

"你都28岁了，离了的话就更不好找了，而且你能保证下一个就比这个好吗？"

"不管以后怎么样，好坏都是我自己决定的，我自己选的我认，这个是你选的，我不认！"

我虽然嘴笨，但"离了就不好找了"这句话多少对我是有影响的，我有担心和烦躁的情绪。夜里闲暇无事，我跟门卫大爷聊天解闷。

"这栋楼平日经常加班的人，加上我，总共四个人，哪有那么多活呢？活是干不完的，即便有也是暂时的，显然跟我一样，家庭出现了矛盾，都不愿意回家。"

当聊到我这场"包办婚姻"时，年近70岁的门卫大爷与我有了共鸣，也说起自己的往事："在我们那个年代，男女几乎都是包办婚姻，我年轻的时候，当兵回来就被家里人安排好了，我怎么都不愿意，逃跑了，到外面做工回来，家里人还是不依不饶，硬生生地把我按住了。后来，前妻因病而去，我才有了自己选择的机会，可那时我已过中年，还带着两个娃，只能找一个情况差不多的，找了个也带着两个娃的女人搭伙过日子，整日为生计奔波，比以前更累了，到了这个岁数还要出来打工。"大爷说着说着就转过脸，用手指在眼角处抹了下。

突然，大爷的手机响起。他的手机铃声是电影《红高粱》的主题曲《九儿》，一股悲凉的曲调传来，我的心都跟着颤抖起来。在这悲凉的曲调背后，《红高粱》的女主角九儿当时就是被包办婚姻，我看着同病相怜的大爷，越听这首歌心里越不是滋味。后来，每当我找大爷聊天听到他的手机铃声时，我敏感的心都不由一颤。

没过几天，我跟一个常驻单位的同事混熟了。他的情况跟我有点不同，被"包办"的是他老婆，他回忆起刚认识他老婆的时候，满脸都是幸福的表情："你嫂子长得漂亮，性格也好，我当时一眼就看上了，可人家好像不太愿意，最后是她父母觉得我人老实本分，还有个稳定的工作，干预了她的个人问题。"

说到这里，他停了下来，叹了口气："刚开始，我觉得我认识、了解她，可慢慢地我就感觉我旁边睡了个陌生人，家里变得异常冷。"

我听了老哥这番话，不由得摇头："我是家里太热，你是家里太冷，我俩也算是同病相怜了！"

还有一个姐，她来单位上班的时间不固定，时短时长，她和我一样需要自己的独立空间稍做喘息，可身为母亲的她又不得不回去照顾孩子。她的父母替她选择了一个条件好的"官二代"，在所有人一顿"轰炮"下，她妥协了。我感觉她比我还可怜，怀孕时男人没有好好照顾她，完全没有尽到丈夫应尽的职责。

当她说到"我为了孩子，花了十几年的时间来迎合他，维持家庭的平衡"这句话时，我极其难受，我知道她的心早已死了，她已经不是为自己而活了，她这辈子算是完了。实际上，她正处于风貌正华的年龄，若是心情佳，再稍微捯饬一下，依然会光彩照人，可如今，她面容憔悴，已经没有了这个年龄的女人该有的样子。

这一天晚上，我又来到门卫大爷那儿，边看电视边唠嗑，我把反复酝酿的决定离婚的想法告诉了大爷："我今年28岁，她26岁，还来得及，时间拖得越久对双方越不好，我真的看不到未来了。"

"你想清楚就好，得亏你们没有孩子。现在离婚率也高，离了是很平常的事情，现在是自由恋爱、自由离婚的时代了……"

"对！中国人根深蒂固的思想一时半会变不了，对于离婚的人来说，身上仿佛贴了一个标签一样，又好像做错了什么事永远记进档案里，对他们而言我是掉价了，但我努力提高自己的价值不就行了吗！"

这么多天以来，我压抑的心在这一刻打开了，我好像又看到了人生的希望。这么大的事，我想得给家里人说一声，可刚走到爷爷家半途，我就停了下来。

我心想，他们根本听不进去，他们都是这件事的始作俑者，封建思想已经牢牢印在他们的骨髓里，我去了也是白去啊！我只好改往二叔工作的地方，向他说明缘由。谁知，他的脑子一样封建，甚至还说出了带有讽刺的言语："过日子就是锅碗瓢盆，哪来的爱？你不要做梦了，你就是个小学水平，没文化的料，你能找上当医生的，已经是走了狗屎运，别不知好歹！"

"你凭什么侮辱我，你又有什么本事?! 这个婚我离定了，我的事以后你少管，我不稀罕你掺和！"我怒了，彻底怒了，把门重重一甩就走了。

回去的路上，我的泪珠在眼圈打转，落下了。此时，我不仅仅是在流憋屈的泪水，我的心更是在淌血。如果我爸在就好了，我爸走后家里的人没有一个真正地关心我，替我考虑，这场婚姻就是赤裸裸的等价交换，没有人性可言。我无助地用胳膊抹去泪水，继续向前走，去结束这场变态的闹剧。

就在谁都劝不住的最后关头，给我和王晓燕牵线的介绍人张姐前来，我的怒气和怨气瞬间少了一半，对谁都可以不敬，但对介绍人得尊重，不管怎么样，是张姐好心帮忙介绍的。

张姐客套完就切入正题："我希望你们能和好，即便当初结婚你是不愿意的，但现在已经这样了，如果王晓燕可以改正她那些毛病，是不是可以给她一次机会? 改了不就好了，不能把人一棒子打死呀！"

我虽然万般不愿意，可张姐说的不无道理，她的面子我也不能不给，顿时，我成了泄了气的皮球。

我们和好后，她收敛了很多，也不乱发脾气了，我慢慢放下戒备心，心想，如果她不再"犯病"，就这么凑合过吧，至于爱就别提了。她变乖了，我变麻木了，已经对她没有感觉了。

没想到，她才乖了几天，中午又抱住我不让上班去，我条件反射，瞬间害怕极了，再次离她远远的，搬回单位住，心里不停地念叨：本性难移、本性难移啊！

在持续冷战下，王晓燕主动提出了和平分手。我平静地应下，不再给任何人打招呼，这是我自己的事情，我可以做自己的主。我们约在过年前夕，民政局放假前的一天办理了相关手续。

西漂的日子

2020 年的春节是不寻常的。原本热热闹闹、万家同乐的新年，因新冠肺炎病毒的肆虐变得毫无生机、人心惶恐。全国各地迅速开展小区封控，我正好不用去爷爷家解释王晓燕为什么没有一起过来，至于以后怎么说，我暂时不想这个问题，以后再说，爱咋的咋的。

这次离婚给了我重创，我在疫情封控的 20 多天时间里，奋发起笔激励自己。我把自己关在房间里，除了吃饭、睡觉，就是埋头写文章。

我将自己最初步入社会与农民工一起生活的故事写了下来，起名为《回家过年》。我从网上找了一个全国性的民办的征文比赛投了去，没想到竟然入选了。欢喜之下，我打算给本地比较有人气的微信公众号也投一份稿，通过网络平台提高下自己，为以后找对象增添优势。

等到疫情控制稳定后，我来到红河文化传媒公司投稿，刚说明来意，老板就挥挥手："兄弟，现在都没人看文学了，大家对文学不感兴趣，只对短视频感兴趣，现在是短视频时代了！"

"只要东西好，在哪个时代都不过时，我就耽误你几分钟时间，你看一下文章。"

我把稿子递给老板，他不好拒绝就接了过来。过了10分钟左右，他推了下眼镜，说："写得好。"

我瞅准机会，说："那就值得一试，反正你们也不吃亏，万一效果好，大家互看转发也是间接地宣传了贵公司啊！"

"行！那就试试吧，投稿事宜你跟我们的编辑沟通就好了。"

不料，文章却因为之前投过的平台有原创保护设置不能一稿多投。于是，我突发奇想创新作，我因第一次出差坐火车有感而发写下了这篇《回家过年》，那么年前坐火车走访用户就可以顺着继续写下去，写成一个系列——"打工人三部曲"！想到这里，我的脑海不由再次涌现出"车轮滚滚"的画面。

车轮滚滚，迎着初升的朝阳，伴着矿山的脉搏，专列载着乌金闪亮的晶虹煤向山外飞去。此时，在千里之外走访用户的我，听着滚滚车轮声，眼前不由得浮现出矿区家乡这熟悉的画面，思绪却拉回到过往的远方……

那是多年以前，我离开"中铁"来到西安一所印刷厂工作，当时我被分配到丁师和李师的机房（一台机器三人一组，丁师是机长，李师是助手），我很礼貌地向他们问好并承诺一定会好好干，他们对我的加入也很"高兴"，丁师让我先跟着李师学。

干这行学的第一个活就是"手活"，李师一边干活一边教我，先将这硬邦邦的纸捏搓起来，就像刚洗扑克牌时一样，再将纸来回抖动让空气进入纸内，在纸变得轻薄后整理对齐。印刷厂里的全开（1040mm×740mm）工业大纸边缘锋利无比，我作为新人在工作中手会时不时被刮伤，纸上也留下了数个血点，即便如此，我依然抹起袖子埋头苦干。

有一次，厂长巡查工作的时候，到了我所在的机房。李师笑着向厂长打招呼，厂长点了下头问我干得怎么样，没想到李师居然眼睛眨都没眨就说："那小子啥都不干也不学，就在那杵着。"

我当场就懵了，不明白李师为何要如此说。厂长一听就火了，冲我训道："想干就跟着你师傅好好学，不想干就滚！"

厂长说罢一甩袖子，转身离去。这时我才反应过来，随即皱了皱眉头，一句话都没说，接着干活。后来，我才明白李师为什么不喜欢我的加入，原来是人变多了提成就会减少。

我在这个新环境里感触最深的除了"忍"就是"吵"，印刷厂车间的噪声非常大，尤其是机器运转时就有九十多分贝，即便两人面对面也得扯着嗓子喊，对方才能听清。在这样的环境里，我明白了为什么劳动人民嗓门儿大。那是因为劳动人民无论是在广阔的地里干活儿，还是在噪音大的工厂里上班，声音小了，别人都听不见。

有一天晚上加班，机长让我取个工具，可声音却是平常说话的音量，我没有听清，就又问了一遍，而他还是那音量。我有点不好意思，但还是硬着头皮说："丁师，您声音大点，我听不清。"

丁师转过头来，眼睛瞪着我，声音突然大了起来："你是猪吗？听不懂吗?! 去，去，你不用干了，我自己来！"他边说边推开我，自己去取了。

我瞬间感觉脸烧烧的，很不是滋味，走到厂门口时突然停下来蹲在地上，心想，才干几天就被赶出去，这也太没出息了，要是连这都忍受不了还怎么在西安落脚？我一定要留下，等机长出来了好好说说。就这样，我在门口等了两个小时，脑海里设想了无数次与机长交谈的画面。

机长下班穿着便装出来看到我，像个没事人一样问："咋在这儿呢？"

我赶忙说："丁师，我初来乍到，刚接触这个，很多地方做得不好，您大人有大量，别跟我计较。"

他很干脆地回答道："没事，没事。"

我见气氛有所缓和，便接着说："丁师，机房里噪声太大了，您以后声音大点呗，我先前真的没有听清楚。"

他说："好，赶紧回去吧，天都黑了。"

我方才松了口气，这一关算是过了。

当我刚刚适应这个机房以及工作节奏时，印刷厂迎来旺季，也就是开学前期，厂里需要印刷课本。这时，二楼片区一个机房有些急活，我被借调过去帮忙。因为干了些日子，也有了经验，我干起活儿来麻利了很多。机长见我很勤快，就让那个学徒多向我学习，干活别老是懒洋洋的。不知是不是机长当众夸赞我却训导他的缘故，这个学徒老是向我找茬，还经常把他自己的活给我干。

有一次，机长让学徒给他买几个包子，他转身就让我去买。我问："买什么馅的？"

他不耐烦地说："肉的！"

我"嗯"了声就急匆匆地跑去，回来后把包子给了他，他又笑嘻嘻地递给机长，结果没讨好反被训，原来机长要的是菜馅的。

机长出去后，他拎着包子指着我嚷道："你会不会买东西?!"边说边打开窗户将包子扔了下去，头也不回地离去。

这般侮辱使愤怒的我本能地迈出了一步，湿润的刘海紧贴着我的额头，在强忍憋气下，我的双下巴也露了出来。突然，我心跳加速，眉眼挑起，张开虎牙，犹如一匹面目狰狞的恶狼，想瞬间扑上去撕咬猎物。

情绪很不稳定的我刚准备三步并作一步跳过去时，大脑在这短短的几秒钟里迅速运转。脑海里有一个声音告诉我：初来乍到就惹事，只会对你不利，要想站住脚只有忍！最终理性战胜感性，我缓慢地放下了握着的拳头。

此时的我正值青春年华，正所谓"初生牛犊不怕虎"，怀着一腔热血来到西安，想在这个陌生的地方自力更生，打拼出自己的一片天地，可这个城市回应我的，却不是同样的热情，而是无数的伤害，冷漠，我感到迷茫。面对家人的关心，只能把苦楚和委屈往心里咽，一个人默默承受陌生城市里的凄风苦雨。

家里人每次打来电话问好时，我都会强颜欢笑："都好着呢，放心吧！"妈妈想让我回去，可我还没闯出名堂来呢。

"你就这么喜欢西安？那妈咋办呢?!"

我强忍泪水，说："我怎么会不想您呢?"

爸爸接过电话："听你五爷说，你在那里挺辛苦的，要不就回来吧！"

我急忙说："爸，我不怕吃苦，我想有个落脚的地方，以后慢慢发展。"

爸爸欣慰地回道："好！我知道我儿子不怕苦，好好干！"

妈妈还是这么爱唠叨，可此时我很喜欢妈妈的唠叨。爸爸还是那么慈祥可亲，既然劝不了就支持鼓励。通话完，我终于忍不住哭了起来。

当我回到原来的机房工作时，已完全掌握了印刷技术，每天更是勤奋工作。我最终得到了大家的认可，成功融入了这个集体。休息时，我和大家坐在一起有说有笑，还跟曾经欺负过我的李师成了好朋友。

后来，厂里越来越不景气，我只能结束"西漂"。临走时，李师等人前来送别，李师紧紧握住我的手，久久不肯松开，我说："李师，等我出人头地了便来看您！"

"好！我等着。"

"哈哈！"我们相互看着对方笑了起来，最后还来了一个大大的拥抱。我想，这就是不打不相识吧。

我一路走来，遇到过很多帮助我的人，也遇到过欺负过我的人。我感谢在关键时刻拉我一把的人，感谢父母和家给了我无比的温暖和力量。而那些曾经伤害过我的人，正因为他们的伤害，我有了锻炼的机会，变得更坚强、更有前进的勇气和动力。

而今，临近春节，出差在外开拓煤炭销售市场的我踏上回家的路。无论身在何方，故乡的云霞总会在我的心头飘起，家给了我温暖、慰藉，也召唤我始终向前。

曾经，我以为，向往要通过拼搏来实现，其实理想、目标的实现更多地需要持续不断的磨砺，为了实现追求，持续地流汗，持续地释放能量，持续出发，持续下一个征程，一直持续到自己期待的那一天降临。

当家乡的那些光秃秃又亲切无比的山坡出现在车窗外时，我立马坐起身子，脑海里浮现出这样的场景：黑蒙蒙的矿井下，很多矿工沧桑的脸颊上都布满着煤尘，那满是油污的工装上还残留着泥土，只有明亮的矿灯能为这不分昼夜而又激情四射的世界，照出一道道温暖的光，这些怀揣着信念、可爱又朴实的煤矿人，正是不平凡的奋斗者！

车轮滚滚，火车在钢轨上行驶……

我由"车轮滚滚"开始联想，新作《归家》总算完成了，并成功在公众号发表推送。我感觉编辑和老板是一路人，对文学作品丝毫没有兴趣，就连开通文章下方的评论区都是我催促了几次才选了一部分。不过，我庆幸文章发表了，同事、朋友看了也认为我写得不错，很有共鸣感，美中唯一的不足是"浏览量"与那些娱乐广告相比差远了。

大学同学宝川看到了我的文章，评价挺高，跟我聊了起来。

"文章是挺好的，可就是看的人少了，大家好像对文学都不感兴趣了。"我有些失落地对宝川说。

"在这样的社会，无论什么文章，大家都追求简单明、通俗有趣，可以在短时间里面（几秒）给人留下印象。短视频成了现代版的"抽大烟"，连姿势都一模一样，而且极容易上瘾，时间刷刷地就没了，人的精神也跟着"吸"没了。现代的人，就是这样被惯坏、上瘾的，变得越发懒惰，也越发不想思考，更不看会书、看文章了。"

"是的！人们似乎越来越注重物质，也越来越功利。富有勇气的人少了，现实的人多了；叛逆的人少了，'跪舔'的人多了；重视结果的人多了，重视过程的人少了。在物质至上的年代没有到来之前，一壶烧酒，几杯下肚，大家就可以畅谈，有高山流水一般的默契和简单。随着国门的打开，我们视野逐渐开阔起来，梦想也多了起来，思想也变得丰富了，留下了很多经典传奇。人活得有灵魂，大家都一样，不谈钱、权，只看谁活得更潇洒，谁更有姿态。"

"嗯，现在有些人都不知道什么是正确的价值观，不知道事情的对错，不会思考对错以及结果，更不知道学习。有些人小时候没人引导，不知道学习为了什么，不知道自己喜欢什么，成人工作后，更觉得学习没用，一味地追求物质享受，享乐主义让很多人的心智、修养、认知水平都停留在学生时期、少年阶段，内心完全没有成熟。在成长方面，不少人是原地踏步，学到的东西就是如何做好一个演员，最后成为不成熟、没担当的成年人。在随波逐流的从众思维和强盗逻辑影响下，社会上的利己主义者、现实主义者越来越多，人心也跟着变味了。"

"人是精神与物质的结合体。人，离不开精神生活，离不开文化娱乐。这就是人的精气神。一个国家也好，一个民族也好，相比于物质，人更离不开的是信仰，这是凝聚力或向心力之所在。适当的文化娱乐应该以这些为前提。"

"这个娱乐至上的时代，到底是一个最坏的结束，还是一个最好的开始，没人能给出确切的答案，在多元化的万花筒里，怎么说都是对的，只希望最好的别消失，最坏的别泛滥，大家始终守住初心，把握好大方向。"

职场的规则

一年一度的机关年度评优开始了，领导强调，这次评先进一定要公开、公正、公平，杜绝拉票等不良现象，不然就取消评选先进资格。机关内一派忙活景象，大家都使出浑身解数，平常懒的变得勤快了，平常态度不好的变好了，马屁精这时拍得比以前更勤了。

我虽然只来了半年，可工作表现突出，又在去年年底工作总结大会的发言中出尽风头，给陈经理长足了精神。而另外两个同事，一个平日不好好上班，一个新调过来的，刚当副经理没多久。于是，陈经理推荐我参选"先进个人"。

通过综合评选，在上报名单时，我以为事情基本定了，在高兴之余，更加努力工作。

"阿兴!"陈经理叫住了路过他办公室的我。

他示意我进来,关上门说话。

"小兴,刚才支部的石书记来过,说你入职时间不到一年,不符合参选的条件。"

"什么?!文件上可没有这一条,这是谁规定的,光凭一张嘴?!"

"可不是嘛我也是这样跟他力争的,可他说这是公司历年来的潜规矩,不需要写进文件中,我算是公司的老人了,我都没听说过有这一条,人家直接说吴总已经决定了,将'先进个人'由你替换成了副经理。"

"哦,我明白了,副经理在没调过来之前是石书记的部下,肯定是他使的坏。"

"要不,你去找下吴总?"

"我找?可以吗?"

"你可以去试试。"

"行,试试就试试。"

当我工作一年以上,完全了解公司内部站队情况,再回看这件事时,发现没有那么简单。

首先,按理应该由陈经理去解决,他自己不去,而让我去找一把手,,只说明他知道自己去的意义不大,甚至会因为这个小事引起不必要的麻烦，但是他也很生气，毕竟是自己推荐的人，却连行使推荐权的机会都没有，他跟石书记是职场上的竞争对手，在自己权力范围被摆了一道，很没面子。当然，他对吴总的偏袒也很生气，拿我这个小卒去臊下场子，就不会跟他自己扯上关系，既解恨下，还给了我一个交代。

其次，是站队问题。陈经理的队伍太弱了，公司先后几个一把手都偏袒石书记和其他领导的队伍，唯独陈经理这边，不刁难都算是好的。继我之后，来了一批新人，石书记队伍里有同样入职半年就竞选"先进个人"的员工，只不过，人家却成功地被选上了。

从陈经理办公室出来，一直往前走到头就是吴总的办公室。吴总办公室的大门敞开，他在里面看着报纸。我瞟了一眼后，平复了一下情绪就敲了下门。

"嗯，进来。"

我进来顺势将门轻轻关上并说明来由。

"小兴，评优选先进是需要做出工作成绩来的，是大家都认可从而主动给你的，而不是你过来要的，你还年轻，机会有的是，好好干去吧。"

"吴总，我刚来单位时，带我的李哥对我说'公司近200人，你是倒数第一'。这句话，我一直记到今天，别人走着干活，我跑着干活，公司经常加班的那几个人里就有我，您可以随便到任何一个部门问问我工作是不是都干在别人前头。"

"咱们公司有规定，入职一年以上才有资格参加评优，你才来半年，等下次吧。"

"吴总……"

"好了！"

吴总把手一挥，打断了还要申辩的我。我见他动怒，只好作罢。人在屋檐下不得不低头，准备离去。

"赶紧走！"

我这身子还没完全转过去就再次听到他一声厉呵，年轻气盛的我十分不爽，不禁皱起眉头。心想，你让我赶紧走，我就赶紧走？这一趟来得真不划算。

我放慢了步伐，周围安静得只能听到摆钟声，就这样我脚步沉重又缓慢地挪到了门口，我紧紧捏住门把手，随着"咯吱"声，门一点一点闭合，在即将闭合的那一刹那，我瞄了一眼满脸通红低头不语看报纸的吴总。

我回到陈经理办公室，刚坐到沙发上，吴总便打来电话，让陈经理好好安慰开导我一下。听到内容是这样，我瞬间舒服多了，说明大家还是认可我的，只不过棋局如此，我的领导不如人，人家舍小保大了。自古神仙打架百姓遭殃，我不知不觉就被卷入了其中。

年轻好强并且越挫越勇的我，第二天换了一套崭新的西服，继续精神抖擞、干劲十足地忙碌工作。

在我找领导签字时，陈经理说吴总的字由他去签吧。

"不行，你是害怕我跟吴总闹别扭的事儿还没过，别又出什么幺蛾子吧。可是，你经常教导我，困难越多办法越多，不是吗？我不应该退缩逃避，我要迎难而上！"

"好！"陈经理高兴地拍了下桌子。

我到吴总办公室，敲门而入后，他和我都像没事人一样，吴总在签字前问了下这几张报销的发票是什么时候招待用户就餐的，幸亏我在路上翻阅了下要签字的内容，包括日期，这才对答如流，应付了下来。

从那以后，一切照旧。

因为疫情，我近期无法出差拜访用户，只能根据之前出差留下的联系方式和部门现有的资料进行电话联系。若是这一年都无法出差开发不了新用户，那我今年的目标怕是完不成了。

就在我一筹莫展时，单位进行了人事调整。没来多久的副经理又要走了，他走之前跟大家道别，并一脸真诚地许诺不会挖走部门的用户，就连他自己开发的新用户也统统留下来。

我握住了他的手，说："哥，你的工作能力是大家有目共睹的，我佩服你，也向你学习了很多。不管曾经咱们有什么过节，一码归一码，每次我向你请教工作上的问题，你都没有藏着掖着，很认真地给我讲解。真的谢谢你！"

副经理眼角有点湿润，他右手握着我的手，左手轻轻放在我的肩上："小兴，你是咱们公司的后起之秀，好好干，哥看好你！有不懂的、需要帮助的尽管来找我！"

"好的，你也是，有需要帮忙的，吭一声就好！"

过了几天，副经理把部门的一个老用户挖走了。陈经理勃然大怒："这小子！之前人在曹营心在汉，如今又出尔反尔！阿兴，现在咱们部门加上我总共两个半人，小徐年龄小不好好上班，也没工作能力，只能算半个人，你得往前冲了，让别人知道，咱们部门还是有人的！"

正所谓蜀中无大将廖化做先锋，我的角色和处境在这一刻有了变化。

我回想起副经理没走之前，用户来找他取煤炭发票，他因为出差不在单位，让我帮忙办理和招呼对方，在办理的过程中，我同用户聊天，聊得很是投机，发现竟然还是老乡。这一来二去的，跟对方成了朋友，经常聚聚。入住新房后，我也叫他来新家做客，关系甚好。

既然副经理有言在先，却带走了一个用户，那我也就不客气了。老乡听了我的话，不管副经理怎么沟通，都毅然决然地留了下来，无意间竟使我完成了目标，挖用户当然也算开发用户了。

陈经理因我扳回一局，心情大好。

"小兴，这次你立了大功。年初的'先进个人'虽然你没选上，但这次七一评选'优秀党员'我还是举荐你，现在支部书记换成我了，你将这个'民主评议表'复印上 10 份，等下开会要用。"

之前选"先进个人"是从部室里举荐一人，而这次评选"优秀党员"是从支部里举荐一人，我们支部包含了三个销售部室，竞争难度增加，公司上下肯定会人人争得头破血流。

支部会议开始，陈经理宣读了相关文件后，便让我将"民主评议表"一人一份发了下去。

大伙都上交完表，陈经理让宣传委员根据民主评议表统计票数，得到的票数最多的两个公司领导均不参与评选，我就以多了一票胜出，而且那一票就是我自己投的。众人吃惊地你看看我、我看看你，我自己也跟着吃惊，然后有些不好意思。

大会通过后，立马就有人不服气，听说找领导去了。

"阿兴，你找个文件袋把'民主测评表'装好收起来，这就是证据，找谁都没用！"

"好的！"我们总算扳回一局。

我终于如愿得到了早该属于我的荣誉，部室里就数我干得最多，支部平日的工作也基本上是我一个人干，所以这是我应得的。只不过这里的环境、规矩，可不是看谁干得多、干得好就可以，但我还是要努力争取。

　　"优秀党员"评选活动刚过去，集团宣传部就推出《奋斗》专栏，要求拍摄展现公司各单位"持续狠抓安全生产成果巩固提升年"工作的视频，这项工作由各单位党群部负责协同集团党群部门抓落实，每个单位基本都选三两个人作为代表进行采访。

　　党群部门的赵部长和李部长都很看得起我，让我代表销售部门参与此次拍摄活动，另外，煤质和供应两个部门均由部门负责人露脸参加拍摄。

　　在去往矿上取景的路上，财务部的王部长正好有事，搭车和我一同前往。路上，王部长直言："这次拍摄人选应该是马经理，往年这种拍摄，销售代表不都一直是他吗？阿兴才来多久？！"

　　"哈哈，总要给年轻人一点机会嘛！这些优秀的年轻人才会更加有动力好好地干。"李部长打趣道，王部长转头看向车窗外，不再说话。

　　矿上拍摄完，大家难得地聚在一起，我们在附近的涮羊肉餐厅预订了包厢。饭桌上，到了敬酒环节，肩膀带衔的人先敬，最后轮到我们这些科员。对于李部长，我很感激他的举荐，以及在车上帮我说话，我同他连碰几杯以表谢意。

敬到王部长时，已经略有酒意的他对我说："小兴，你比十年前的我更优秀。"

"没有，没有。"我赶忙扶住他，他摆了下手："没事，我没醉，我好着呢。你确实比十年前的我更优秀。来，干了！"

我没想到他会这样说，我也不想知道他为什么这样说，从他在车上说那些话开始，我只能对他持中立态度，静观其变。

第二天，拍摄现场转移到了办公室。集团的人前脚到陈经理后脚就跟了过来，笑着打过招呼，示意拍摄时记得拍下部门的门牌子，集团的人会意一笑，拿起设备先拍摄了门牌子，接着拍摄我的工作状态，最后将墙上挂的"诚信共赢"牌匾一并拍摄了。

事后，陈经理对我说："你现在该有的都有了，咱们区域缺个副经理，我一定会极力推荐你。过几天，我带你去临夏出差，吴总也去，你把握住机会，好好表现。"

出差当晚，用户招待我们一行人，免不了喝酒。散场，我和司机搀扶吴总到了酒店房间。

吴总躺在床上，让我坐在一旁。

"阿兴，你工作有冲劲、有激情，你体现了咱们供销公司的精神面貌。当然，你不能急于求成，要做出成绩来。"

"好的，您放心，我知道了。"我没想到吴总居然这样看得起我，我低下头，像听长辈教导一般，连连虚心回应。

吴总教导完，我让他好生休息。我跟司机走到门口，发现陈经理还在吴总耳边悄声念叨："吴总，我们部门可一直都是您的亲卫队啊。"见吴总一直闭眼没有回应，他才蹑手蹑脚地跟我们一起出去了。

平时出差，领导住一个房间，其他人和司机住一个房间。我刚要和司机师傅回去休息，陈经理叫住我，让我跟他一起睡。刚进房间，我不由感叹："陈经理，没想到吴总还挺看得起我的。"

"那不是看得起你，而是看得起咱们部门！"

"哦，对、对，是看得起咱们部门。"

回到单位，我着手去准备实现今年最后一个目标。记得去年的迎新年职工跑步比赛，我得了第四名，并拍了胸膛说下次要得前三名呢！

上次赛前训练时间比较紧，而这一次距离开赛还有3个月的时间，我要好好锻炼一番。训练期间，我往腿上绑了沙袋跑，一般的沙袋绑腿容易掉，我便换成了一对5千克的长钢板绑腿，虽然疼，但是够牢固。长钢板紧贴着肉，疼得我时不时喊出声来，我要坚持两个月，到赛前一个月时才卸下长钢板绑腿跑。

我在跑，别人也在跑，我只有比他们更加勤奋刻苦才有赢的可能性。有一次，外面刮着大风，在家里都能听到路边的树枝被刮得咯吱响，我继续绑好长钢板绑腿踏上熟悉的跑道。

虽然已经用长钢板绑腿跑了一段时间，身体已经适应，并循序渐进地增加重量，可加上狂风的阻力，我跑得非常吃力。

风开始刮时，我本能地眯着眼跑。风逐渐变大，我的嘴角上翘，时不时被风沙呛到发出咳嗽声来，我赶忙从兜里取出口罩戴上。随着风力增大，我跑步的速度也降了下来，甚至有了想走几步的想法。可转念一想，我曾经每每下井时都会戴上"3M过滤式防毒面罩"，掘进巷道的周围散发腐臭气味，那时候戴眼镜的我越往里走越是烟雾妖娆。在矿区这样见不了天日的艰苦的环境下，我都能坚持，相比之下，这沙尘又算得了什么呢！于是，我手臂放在额前遮挡风沙，继续眯眼向前跑。

在跑的途中，我时不时看到塑料袋像放了线的风筝到处乱飞。到了下坡路时，我瞬间感觉轻松不少。可到了上坡路时，我从慢跑变成了一步一步攀登，我感觉体力快耗尽，可我意志没有减弱，依然咬牙坚持，我相信"世上无难事，只怕有心人"，只要有恒心就一定会成功。更何况只是跑步呢！我一定行！

我咬牙逆风而行，冲了上来，边眯眼看前方路线，边发出厚重的喘气声。我逐渐恢复了平稳的心跳，身体也适应了这个环境。我擦了下汗，看着周围的景象，不远处的个小龙卷风渐行渐远，逆风这会儿也变成了顺风，它轻轻向前推着我疲惫的身躯，阻力变成了助力，整个人感觉轻松了不少，即将到达终点时，我发起了最后的冲刺，由慢跑变成了加速快跑。

比赛当天，我吸取了上次比赛一开始就争跑的教训，先中速起跑，然后保持匀速前进，最后全力冲刺。比赛结束，我竟然拿到了第二名！我成功了，说到做到了！

我完成了今年的目标，收获了殊荣，得到了领导的认可。看似一切都在往好的方向发展，可好景不长，集团进行每几年就有一次的人事大调整，尤其注重调动各级单位一把手，看好我的吴总被调走了，新来了一位姓朱的领导。

他的出现，让我看清了职场这池水很深。

这天，单位来了重点建材用户，朱总、石书记、陈经理带上我一起招待他们。散场后，用户被安排到就餐的酒店入住，出门刚好碰见也在招待客户的马经理，于是众人提议再回去喝点，难得聚在一起。

先前在酒桌上同用户聊得有多好，这会儿同自己人就骂得有多凶。

"啪"的一声，朱总重重拍了一下餐桌，并手指陈经理就是一顿训斥："你哪项工作干到前头了？现在销量就靠那么几个老用户维持着！我看你没了这几个老用户能干啥？"

陈经理端着酒杯连连保证会把业绩提上去。

"我不听你胡说，你有几斤几两，我会不知道？你就是个球！"

此话一出，众人表情不一，我虽然很吃惊，但还是装作若无其事的样子悄然观察。

朱总一脸愤怒的表情，石经理侧过脸流露出鄙视的神情，马经理像个和事佬一样含笑安慰着双方。陈经理眉开眼笑的面孔突然凝固，脸变得红扑扑的，他双手原本一直端着准备敬酒的酒杯，突然放下一只手，另一只手依旧拿着那小酒杯，在停顿了几秒钟后，仿佛下定决心一般，重重地点了下头："我就是个球！领导，我自罚三杯。"说罢将杯中的酒一饮而尽。

"哎呀！你们可别说，他陈大海奉承人这方面是真的厉害！"朱总扭过头对着众人说。

陈经理连喝三杯后，稍缓了下劲，就厚着脸皮要同朱总划拳。

"我不跟你划！"

陈经理一脸尴尬，不知所措。

马经理见状，坐到陈经理旁边陪他划了起来，缓解下气氛。石书记则陪朱总划拳。火药味十足的酒桌，这才暂时平息了下来。

散场后，石书记和马经理一左一右搀扶着朱总，陈经理灰溜溜地跟在后面。走了一会儿，马经理忽然转过头，朝陈经理勾了勾手。陈经理立马会意，凑了上去换下马经理。

朱总感觉有点不对劲，扭头一看是陈经理在搀扶他，瞬间脸色大变，狠狠地一把甩开让他感觉很不舒服的手："我不让你扶！你给我滚一边去，我自己能走，你爱上哪就上哪去！"

马经理赶忙过来打圆场，示意陈经理先不要跟了。

这是有多嫌弃、多厌恶才会有的反应啊！我心里不禁感叹，还想起上一届领导吴总和陈经理同样也有过类似的不愉快经历，陈经理还真是不讨领导的喜欢，如果一直这样下去，势必也会影响到我。其实已经有所影响了，正所谓"将怂怂一窝"，平日的工作，别的部门按规矩就能正常进行，而我们部门就会处处受阻，逼得我们比别人动更多的脑子。

朱总到家后，我与陈经理、石书记同路，打了辆出租车回。在路上，石书记也许喝醉酒了，竟不顾前座的陈经理，公开表示要拉我入伙。陈经理听到后连咳几下，他才收住了嘴。过了一会儿，石书记到地儿了，下车前悄悄对我说，让我想明白现在的局面，好好考虑考虑。

我的确有了想法，连着两个一把手陈经理都讨不到好，说明他没有话语权，他推荐的人没用，就连之前权力范围内的评优荣誉得的都是那样困难，更不用说提拔升职呢了。可从道义、感情方面想，我这一路走来，他给了我很多指点和锻炼的机会，这时候走人，他身边就没人用了，这样做就不太仗义了。因为离异的关系，我需要提升自己，仕途是其中一个途径。如果不是这个原因，我不会这么快就有想法。我陷入了纠结中。

我到家后，梳洗了一下，想了想，还是给陈经理打了电话，问他有没有安全到家，好了点没。一个普通问候电话至少能让他知道我没有跳槽的想法，也算是在他困难的时候回报了他的指点之恩。

接下来的日子里，陈经理步步为营，处处小心，可朱总还是想撕他就撕他，被拿来杀鸡儆猴。我们的关系也变得紧张起来。

有一次，石书记主持一个调运会议，我和陈经理一同参加。会议结束，众人纷纷离去，我将自己的座椅还有旁边没有摆放好的座椅一块放好，临出门前来了个电话，便留在会议室接听。我刚接完电话出来就看到陈经理火急火燎地在楼道里来回张望，发现我后就扯着嗓门喊我的名字，我赶忙拿着本子小跑过去。

我跟着陈经理进了另一个同事小徐的办公室里，门还没关上，陈经理就气急败坏地将我一顿训斥："工作都那么赶了，你还磨磨蹭蹭的，拉个椅子表现给谁看呢！你再瞅瞅你写的材料，能看吗？糊弄谁呢！"

"我表现啥了?! 不就顺手把旁边的桌椅放好吗?! 基本的素

质而已。我接了个电话，所以出来迟了，谁都有个事儿，不是吗?! 少了我部门就转不了吗?! 材料我认真写了，态度有呢，水平就这样，你要是看不上就找别人写去!"

自己受压迫了，冲我发什么火?! 我本来就一个人干三个人的活儿，他的压力也只给了我一个人，现在又不分青红皂白地训斥我，他的嗓门大，我的嗓门比他的还大。我把他? 回去，留下目瞪口呆的他，拉开门扬长而去。

我和他早上闹完后一直没有互相联系，直到下午4点多，小徐过来叫我，说陈经理让我过去一趟。我听了后，故意磨蹭了好一会，拖着懒洋洋的身子慢悠悠地一步一个台阶上二楼去他的办公室。

"材料我看了。写得好着呢。"

我撇了下嘴，有些无语。

"小兴啊，我敲打你，督促你，都是为你好。咱们部门缺一个副经理，我可没有把你当销售员，一直把你往领导干部上锻炼和举荐呢。"

我依然无语，根本不相信他的鬼话。心想：小徐靠不住，你只能操练我，你推我，又推不动，还不如不推呢，一把手那么反感你，又怎么可能提拔你的人呢？我不禁对他有些失望。

他说完见我无动于衷，从桌子右上角取了一个文件让我看。

"你看这个《供销公司核岗定员表》，每个部门都有相应的岗位，无论干部还是科员都是要补的，咱们区域也有，缺副经理和营销人员。这个文件只有我这个层次以上的人才能看到，现在把这个消息透露给你，好好把握，找人去吧，你的机会来了。"

我拿起文件仔细看了一番，迅速盘算着。如果跳槽到别的部门，这次机会肯定就没有了，我得再等好几年，甚至更长的时间，一切从头开始会消耗我找对象的精力，年龄再跟着增长，到时候就得不偿失，划不来。而在这个部门，虽然升职困难，但要是成功，会节约很多时间，这对急需提升的我很重要，只要升上去，我就会把精力分一部分到找对象的事情上，如果不成功，我就把主要精力放在找对象上，再不敢耽误了。

我在权衡利弊后下了决心："好的，我试试。"

领导班子里，我能找的人，除了陈经理就是何经理。记得何经理刚上任时，他手底下的分管干部王部长觉得我人精神，干活麻利，推荐我过来给何经理擦玻璃，有了这个机缘，我们一来二去也就熟了。

晚饭后，我提着东西来到何经理家楼下，调整好状态，按了下单元门的按钮，随即传来清脆又悠长的铃声，等了好一会儿，门禁处传来熟悉的声音。

"喂？"

"何经理，是我，阿兴。"

"哦，怎么啦？"

"哈哈，这个，有点事，想跟您说说。"

"哦，好吧，上来吧。"

门禁开了，我拉开单元门，稳步走了上去，我敲了下何经理家的门，等了一小会儿，门就开了刚好可以看到一个人的缝。

"何经理，不好意思，这么晚过来，打扰了。"

"没事，进来吧。"

我跟着穿着一身睡衣的他来到客厅，我快速打量了下何经理的家，装修和家具都属于大众型的老款，家里除了客厅的电视机在响，其他房间都很安静，安静得像只有何经理一个人住一样。

"何经理，你家装修得挺温馨的。"

我再次打量了下。

"哈哈，还行吧，都是老婆子收拾的。"

"挺好的，挺好的。"

"何经理，我带来了家乡的特产，这些点心吃起来很酥软，特别香！刚好今天老家的人带来，我顺便给你也带些，尝尝鲜。"我边说边把东西从袋子里拿出来，放到茶几上。

"你小子，这么客气干什么！上次出差，我给你说过，有什么事，找我就行了。对外我是你领导，对内我是你何叔。"

见何经理挺高兴，话也说到这份上了，我就直说了："何叔，我确实有件事想请你帮忙，实在没办法了，不然我也不会来麻烦您。"

"嗯，你说吧！"

"咱们公司最近下了一个《核岗定员表》的文件，正好我们部门缺一个副经理，我想争取一下，这是我的一点心意，何叔您先收下，不管能不能办成，我都很感激您。"

我边说边把装有文件的袋子放在了茶几上。我说完之后，还没等他回应，就起身走人。

"哎，你小子怎么走了？"

"何叔，我就先回了，您早点休息。"

何经理赶忙追了过来，朝已经出门下了一层楼的我厉声道："明天来我办公室！"

我应了一声，便回去了。

第二天晨会一结束，我就来到何经理办公室。他让我把门反锁了，然后坐在他跟前。何经理对我讲起了他的成长史，说他是如何一步一步走到今天的，从来都没有托过人，都是工作干到位了，得到了大家伙的认可。

"'天降大任于是人也，必先苦其心志。'你先好好磨炼磨炼，等你的好事来了，我会通知你的。"说完，他顺势从抽屉里取出文件袋还给了我。

我一时间竟被他说得无还口之力。

"听我的没错，我都是为你好。"

"好吧。"

"把东西装好，别让人看见了"

"好的，何经理，我走了。"

"嗯，去吧。"

我耷拉着脑袋，装好文件袋，打开办公室门，在出去的那一瞬间，我挺起胸膛，装作若无其事的样子回自己的办公室。

下班后，我向之前与我关系甚好，现在在另外的单位的张叔求教。当我把事情的经过说完，张叔考虑了一下，说："我觉得呢，你不妨再试一次。如果这一次不行，再想别的办法。"

"好，我明天就去。"

"嗯，你要想好怎么说，不要又被他糊弄了，说完就抓紧走人。"

"好，我回去好好想想。"

，我有每天早上都晨跑的习惯。当我梳洗好，准备出门时，陈经理突然打来电话，让我立马赶到单位，随他和朱总一起出差。原本计划今天把《核岗定员表》给何经理再送回去的，这下可怎么办？不知有多少人盯着那几块肥肉呢！以往等公开竞选的消息公布出来时，名单早就已经内定好了，所以这种事只能提前去做。

时间紧迫，我还要赶往单位，来不及去细想，拿起东西就赶忙下楼骑着摩托车去单位。在路上，我一边快速行驶一边思考，决定还是按照原计划进行。因为之前一直为何经理办公室打扫卫生，所以有他门上的钥匙，只能赶在车出发之前送到他办公室里，事后给他发个信息解释一下就好，如此倒能百分百地做成这件事，让他没有拒绝的机会，可放到哪里呢？私自动领导的东西可是职场大忌啊。

我把摩托车放到单位车棚，来到办公楼时，领导的车已经停在楼下。我瞄了一眼，快速跑了进去，取上何经理办公室钥匙带着东西跑上楼。

我在路上就无数次想过到底把文件放哪里，又不断推翻想法。打开门那一刹那，根本没有那个时间再思考，迅速环顾已经想过的地方，急忙看了看书柜，还是摇了摇头，叹了口气，去拉办公桌抽屉，竟然是锁的。情急之下，我突然想起了怎么结缘何经理的往事。对！就放那里，就放窗帘背后，放那里既没有私自动他的东西，也十分安全。

我把门反锁后，取了行李包，调整好呼吸，上了单位的车。幸好只有司机师傅在，领导在我后面上来，一切都照预想的方式完成，有惊无险。

　　汽车启动了，我开始编辑短信：何叔，您昨天说的话，我觉得特别有道理，也知道您是为了我好，全都听进去了。您让我好好学习历练，我想了一整夜，觉得现在业务能力虽然没那么精，但是工作流程都会了，我想进一步提升和历练自己，期盼您帮我争取这个机会。我本想今天找您聊聊，不料，今早6点陈经理电话通知我跟着他和朱总一起出差。急性子的我，把"心意"放到您办公室的窗帘后面，还望何叔谅解我的急切与冒失。拜托您了，无论事情成与不成，我都很感激您。

　　短信发送后，隔了没多久就得到了回复：你小子，咋不听话呢？

　　看到这样的回复，我不由得微微一笑。接下来在出差的几天时间里，我要给朱总留下好印象，以便何经理给我帮忙时，起码朱总知道我这个人。

　　出发没多久，陈经理对朱总说："领导，前面有一家餐馆的牛肉面味道不错，咱们去吃早点吧。"

　　"我在家吃过了，就你事多，先前所有人就等你一个人，磨磨唧唧了半天。小王，以后出差说是几点就是几点，来晚的人不要等，让他自己想办法去！"

　　开车的王师傅应了一声。

陈经理尴尬地闭上了嘴。

前座的我扭过头来，手上拿着一个装着早点的塑料袋，说："陈经理，我带早点了，你拿去吃上些，朱总也吃些吧，这些点心是我老家的特产。"

"对了，朱总，小兴跟你是老乡。"

"哦？你也是河北的？"

"是的，朱总。这些点心挺新鲜的，您也尝尝。"

"我早上吃过了，你们吃吧。"

"朱总，我们部门的年轻人小徐、小兴都挺机灵的，干得都不错。"陈经理接过点心，边吃边说。

"嗯，供销公司要把年轻人培养好。"

陈经理的适时点评，也是给他自己脸上贴金，我和他是一条绳上的蚂蚱，荣辱与共，幸好多带了些点心，出发时开了个好头。我边吃早点边想着。

在路上，陈经理向朱总介绍了要走访的用户的信息，然后就随意闲聊了起来。

朱总则骂骂咧咧地评价起单位作风问题："供销公司的人好的不学下，就知道拉个车门子，拉个门帘子，还有坐在主席台上的这些人，开个会就等着人端茶倒水呢，想喝水不会自己拿水杯吗？！"

我瞬间对这个新上任的一把手有了很大的改观，自从上次酒场当众训斥陈经理后，这是我第二次接触他。

　　下车后，我习惯性地帮忙拉开车门，这个动作是陈经理叮嘱我做的。我刚拉完，就想起朱总说的作风问题，心里暗暗记下，下次一定不帮你拉车门，让你自己来，这样做恰恰是对你的尊敬。

　　晚上，用户招待我们一行人吃饭，饭菜还没吃几口，对方领导就使了个眼色，其手底下的干将轮番给我们敬酒，喝到最后直接用分酒器来喝，没有多少酒量的我能推就推了，朱总已经被喝得趴在桌子上，其他人也差不多喝倒了。

　　第二天酒醒后，我跟陈经理去叫朱总起床吃早点，陈经理前脚刚进门，我后脚就听见一阵谩骂声。大概内容就是陈经理没有把他照顾好，没有帮忙挡酒。朱总看到我后，也是一顿骂。

　　"就知道吃吃，没帮忙顶下酒的，人家的一把手一看就是老江湖，使了个眼色，手底下的人挨个来灌翻我，你们是干什么吃的！"

　　我们在去往下一个用户的路上，朱总嘴还是没消停，窝火了一路，宣泄了一路。我又暗暗记下，今晚这场酒一定要尽力挡下。

　　到达用户的储煤场，我等他们先下车，我再下车，没有急着前去拉车门，朱总没有任何反应。对方的经理领我们参观储煤场，在现场我拿着手机拍照，收集回去写新闻稿要用的资料。结束后，我依旧跟在后面，没有跑到前面拉车门。这一次，朱总吃惊地转过头看着我，我没有理会他吃惊的表情，一脸镇定地回看他，心想：是你这样说的，我只是按你的意愿来做事，除非你是表里不一的人。接下来的几天里，我再也没有给他拉过车门，他刚开始吃惊了好几回，后来也就适应了，没有再表达什么。

当晚用户招待我们去吃火锅，即便是吃火锅也少不了酒。这一回，我主动帮忙挡下了几杯酒，也算完成了任务，有了交代。

长达 5 天的出差很快结束了。我们在返程的路上放松地聊起了天，朱总也不再板着脸。

"朱总，你喝酒前要吃上些垫巴一下呢，要不然身体受不了。"司机王师傅说。

"我没出息就没出息在这了，经常饭吃不到点上，有时候就饿过劲，不想吃了。"

"那还是得吃啊。"陈经理说。

"唉，一点都吃不下去。"

"朱总，我有个办法，您可以少食多餐，平时在办公室放点零食或者出差的时候带点吃的，这样既提前垫巴了，又不至于饿过劲不想吃。"

"嗯。"朱总点点头。

聊着聊着，路过一条江。

"那个乐山大佛脚下的三江叫什么？我记得有大渡河、青衣江，还有一条怎么都想不起来了，我上大学的时候还去过呢。"

我见朱总求知欲这么强，想了半天还在想，就转过头说："是岷江。"

"啊，对！"朱总目瞪口呆地回复。

我心一惊，他怎么是这种表情，然后我自然地回过头，装作没看见，不再吭声。

车从高速公路下来，回到了故土。

"小王，你完事了去我家把我同学送我的花抱进去，我还有个饭局，就先不回去了。"

我故意没有吭声。

"要不让小兴一起去帮忙吧？"陈经理见朱总没有表态，接着对我说："小兴，你跟王师傅一起去把朱总的花抱上去。"

"好的，我一直在呢。"

这次出差，我感觉虽然没有做得那么好，比如拉车门，因为刚跟朱总打交道，我不太了解他，现在看来大多数领导都是一个样子。总体来说还行，而且印象肯定是给领导留下了。从陈经理大清早打电话开始，一切机会都让我利用起来，转危为安。万一何经理办不成，我就只能铤而走险托张叔直接找朱总了。

我稍微松了口气，只欠东风，等着就好。

过了半个月，何经理没有办成，把东西再次还给了我。我立马找张叔帮忙，张叔带着我的简历和东西去找朱总，我负责探路。

周末早上，朱总通常都会来公司。我让张叔坐在我的办公室等消息，我则藏在朱总办公室对面的接待室随时观察。

等了一个多小时，朱总办公室一直都有说话声传出。终于，我听到他正在门口送人的声响，刚准备伸出脑袋看看，又听到锁门声，我缩回身子屏住呼吸耐心等待。当听到下楼的脚步声时，我赶紧出来偷偷向办公室看去，门已经锁上了。看样子朱总下楼了，我没往楼下看，而是径直走到另一头，下了楼梯回到自己的办公室。

"张叔，朱总刚送人下楼了，没有找到合适的机会。"

"那怎么办?"

"估计这会他们已经到楼下了，我跑过去偷偷看看是什么情况，他要是送完人回办公室或者回家，咱们就还有机会。"

"好!"

我匆匆去，匆匆回来。

"张叔，他在楼下和那个人聊天呢。"

"那我空着手过去看看。"

过了大约 10 分钟，张叔打电话让我出来回家。

"人家等下出去应酬，非让在这儿说。我只好说'那就下次吧'。"

"不好意思，张叔，让你为难了。"

"不为难，不为难，正好有经验了。"

"嗯，咱们下次直接到接待室等着，我瞅着机会，机会一来，你就进。"

"好，就这么办！"

周一早上，进进出出找朱总签字办公的人很多，我没有找到机会。直到下午，人断断续续变少了。我打电话叫张叔过来，将他从大门领到接待室坐下，途中没遇到多少人，即便遇到也没人太注意。

安顿好张叔，我手里拿着几个文件，装作要找朱总签字的样子，站在门口等机会。不一会儿，我旁边走过来也要签字的人，我通通让他们先签。直到最后一个人签好了，我快速看了两侧，见是无人，便给接待室里的张叔一个信号。张叔起身，从容地走到朱总办公室，敲了下半敞开的门就进去了。

我看着紧闭的门，任务完成了，心也落下了，就看张叔了。我心里祈祷了下，便不再逗留，忙自己的工作去了。

过了半个多小时，我收到信息，走出公司，找到不远处的张叔。

"这次时机把握得特别好，就是没成功……"我跟着他边走边说着事情的经过。

我看张叔说到最后不太高兴了，便笑着安慰道："没事，张叔，咱们尽力了，顺其自然就好。"

"阿兴，你觉得不痛快就说出来，肯定会不好受，世道就是这样的！没事，你还年轻，机会有的是！"

"我真的没事，你放心，张叔。这次真的很感谢你，为了我去求人，参与进这世俗纷争里。"

我有些惭愧地低下了头。

"没事，没有求人！好好干，我看好你。"

"嗯！张叔，如今回想起来，还是觉得很精彩呢！"

"哈哈，是很精彩！"

"嗯，快回去休息吧。"

"好，你也是。"

我们互相安慰了对方，就各回各家。回去时，我在想，仕途之路暂告一段落，我该是时候把精力转投到解决个人问题上了。

寻爱的道路

经历"职场厮杀"后，身心疲惫的我会去一些大众洗浴中心泡澡或去足浴店按脚来放松放松。

这天，我去了一家足浴店。店家随机安排了一位女技师，只见进来的女人身材偏瘦，长相秀丽，有一头乌黑顺滑的长发。她将泡脚水桶等相关用品放置好，就主动跟我聊天。她说话的口音和麻利的动作让我不由得想起一个朋友，颇有种亲切感。

"听你口音，是武威的吧？"

"不是，我是定西的。"

"哦，你挺像我的一个朋友，那你怎么跑这儿打工来了？"

"这行挣钱啊，我在一个城市待上一段时间就会换个地方。"

"做这行挺辛苦吧？我感觉你们跟井下工人一样作息不规

律。"

"是的，女人干这行老得快，经常会忙到凌晨三四点，有时甚至忙到第二天天亮，所以我们一般早上补觉，每天就吃午饭和夜宵两顿饭。"

她说了一句"干这行老得快"，我不由看了她一眼，本来我感觉她起码 35 岁以上了吧，这样一说，我还真不知道她到底多少岁了。

"那挺辛苦的，你多少岁？孩子都有了吧？"

"我是 89 年出生的，有一个姑娘，今年刚上幼儿园中班。"

"你孩子正处在需要父母陪伴的阶段，怎么不选个离家近的地方工作呢？"

"离家近的收入不高，我一个人抚养孩子，没有办法。"

"你离异了？"

"嗯。"

"其实，我也离异了。"

有了共鸣，我和她有了深入的话题，同时因为是陌生人的缘故，反而有安全感，不用担心隐私，我们放得更开，聊起来像是宣泄一般，放松了很多。

她叫李丽，本来是自由恋爱，可谈了很久的男朋友出轨了，她果断放弃。而后，父母给她安排了一个她不爱的老实男人，本就有抵触心理的她婚后更是不幸福，最终即便有了小孩，她也实在忍受不了这样的日子，便提出了离婚，还把孩子的抚养权要过来自己养。父母劝复合劝不动，就只好帮她带孩子，她自己则外出打工挣钱供孩子吃穿上学。

我感慨她跟自己的经历挺相似的，用欣赏的目光再次打量了她一番，虽然她没有知性女人的内涵，但她有敢爱敢恨、独立自强的性格，让我不由得对眼前这个女人产生了好感。

对于离异带孩子的女人，我起初是不接受的，也压根没往那边想，就像大多数大姑娘不接受离异男人的一样，除非年龄越来越大，她们才会逐渐向现实妥协，否则根本不会考虑，也不会主动去接触。

在前不久，我跟同事聊天，无意间聊到民国四大才女中的萧红，并推荐我看看宋佳主演的电影《萧红》。

萧红是一个喜欢文学的知识女性，其与封建家族包办婚姻的抗争，以及同三个男人发生的感情交织，所表现出的敢爱敢恨的性格，让我钦佩不已。影片中，萧军与同事谈起自己对萧红的感情，那段言语让我记忆深刻："我爱上她了，她身上有种气息，文艺的、倔强的、寂寞的，还有她的语言和那近于疯狂的神态，我真的没有想到，我会爱上一个孕妇，但她真的不是一个普通的孕妇。"

萧军对萧红的爱慕，还有萧红自身的人格魅力，让我对感情有了新的认识和理解。假如真的出现类似萧红这种世间难得的女子，不管她有没有孩子我都会接受，做到爱屋及乌。

接下来的日子，我便时常去足浴店看她，点最便宜的套餐只为同她说一会儿话。

有一次，我快到店时给她发了个微信："在干吗？我给你变个魔术吧。"

"在看你给我送的书呢，什么魔术？""你倒数 30 秒，惊喜就来了！"发送完消息，我来到前台点了她的钟就进包厢等她。

李丽推开门："你来啦，什么惊喜，不会是你自己吧？"

"哈哈，就是我自己。"

"还以为你带来一束花呢！"

我会心一笑："花，会有的。"她高兴了。

过了几天，我打算给她送花，在买花的前一天晚上，我碰到了张叔，聊起了最近发生的事，包括这份情感。他以过来人的经验告诉我，自身条件又不差，不赞成找带孩子的女人，自己本身已经吃了这么多苦，娶一个离异带孩子的女人，日后可能会面对很多未知的情感矛盾和家庭纠纷。

我依然坚持自己对婚姻的初衷，同时相信虽然困难一直有，但办法总会更多，能遇到这种知冷知热、敢爱敢恨的女人，有一个温暖的家庭，我就满足了，还能找怎么样的呢？

张叔见我执意如此，最后叮嘱我："即便下了决心，也要三思而行，毕竟她不是本地人，我们并没有完全了解她，你要慎重考虑。"

这一点，我倒是赞同的，终身大事不是儿戏，要对双方都负责，就算做男女朋友也要想好了再决定，这也正是我迟迟没有向她表白的原因，总感觉认识的时间太短，还要再等一下。

由于我和李丽联系频繁，两个人感情逐渐升温，以至于没有时间好好梳理下这段感情，分析到底合适不合适。第二天，我突然接到出差的通知，正好抽时间想一想。

我在车上开始回想我和李丽从认识至今的点点滴滴，像放电影一样慢慢回放了一遍，除了我欣赏她的那几个优点外，还发现了其中的猫腻：虽然爱美之心人皆有之，但她居然用很高端的护肤品，这与她辛苦挣钱养孩子有些不搭。她在了解我的同时，也好像有意无意地迎合我。当然这些只是怀疑，要是真的好好过日子也没什么大不了的。

我在无聊之际下载了"抖音"软件来消遣一下，随意翻看时，在抖音里的"好友推荐"里看到了李丽的账号，点进去一看，个人信息标着"36岁"的小标签，我瞬间瞪大眼睛，惊讶地张开了嘴。

　　我逐渐冷静下来，心想：难怪我第一次见她的时候感觉像35岁以上的女人！不管她是否还隐藏了其他的，单单年龄这个方面，我就不能接受，大我太多了，我不生气她欺骗我，只是不能接受这个现实，我可以爱屋及乌，把她的女儿当成我的孩子一样，但我也希望自己有一个孩子，我的要求并不过分，而且我不愿意找年龄大我太多的女人，大3岁就是我的底线了。

　　我不打算再联系她，想慢慢把她淡忘，好聚好散。她几番联系我，问我多久回来，我都是简单地回复，没有像以往那样跟她热聊。最终，我觉得还是跟她说清楚好，这样不冷不热拖下去不太好，就在微信里委婉地告诉了李丽。

　　她看后回复："阿兴你好，你回来了吗？一呢，我的年龄没必要骗你，二呢，我不是迎合你，我们只是成长的过程很相似，我就是我，真真实实，可能你对我的期望太高了吧！我只想作为你的朋友，但我和你之间不仅有文化差异，还有工作差异，我和你在一起有很大的压力，因为我不够好，阿兴谢谢你这段时间对我的照顾，祝你幸福！至于我失败的婚姻，我不想再说了，我没必要骗你，因为我们只是朋友。"

　　接着她又发了离婚证的截屏图，证件上的出生日期恰巧只露出了几月几日，却没有多少年。她最终也不想让我知道她的真实年龄，我也不想跟她较真，最后说了祝福的言语，结束了这段情缘。

过了一段时间，我的新房装修好了。在一个周末，妈妈陪我一起去看家具，我们因挑选家具产生了分歧，店家忙过来打圆场。

"你就让他自己选嘛，我们作为长辈只是建议，不能过度参与，毕竟这些家具是他自己要用的。"

"你看！连店家都明白这个道理。大姐，谈对象是不是也是这个理？家长同样不能过度干预！"

"那肯定啊！我们当父母的只是建议，最终选择权在孩子手上，因为是他跟另一半过一辈子，而不是我们，我们喜欢的，孩子未必喜欢，接触的对象也是孩子自己在接触，你要学会放手呢。"

"哦，是这样啊。"妈妈茅塞顿开似的回答。

我狠狠地盯着她，谁知她是真不知道，还是假不知道，八成又在演戏！我愤怒地转身离去。

她赶忙追了上来，我越想心里越不是滋味，越想越觉得憋屈。一时间，我因痛苦到极点而笑着哭出声来……

"阿兴，你怎么了?!"妈妈吓得抓住我的胳膊问。

我一把甩开她的手，怒斥道："连店家都明白的道理，我不相信你不明白！有你这么欺负亲生儿子的母亲吗?!你联合所有亲戚欺负我，把我推向火坑！我爸要是知道你这么欺负我，非把你掐死不可！你一点点都比不上我爸！"

"妈妈知道错了，事情都过去了，我再也不提让你和王晓燕复合的事了。"

"你知道你给我带来了多少痛苦吗？我们单位门卫大爷的手机铃声是《红高粱》的主题曲，我光听到那铃声心就跟着颤抖了！包办婚姻留下的阴影在我脑海里挥之不散。你说你把我生下来干吗?！你要别把我生下来多好！让我受这么多罪！小时候，我要买白色的球鞋，你非让我买黑色的，我从小没有选择权。到了初中，青春期的我，一个正常人到了探索世界、寻求认可的阶段，我到厨房学做饭，你把我一顿骂，让我没有锻炼的机会和权利。在咱们家经济条件还可以的情况下，别人家的小孩子可以买气球玩，我只能站在一旁看着，我的童年没有快乐。你处处都要管我，就连我的房间你都要管，好好的一面镜子非要迷信地找块布给挡住，那还是我的家吗？那是你一个人的家！我没有感觉到家的温暖，我只感觉到无尽的压抑和拘束！你在逆着人的成长规律、自然规律而行，势必会造成恶果！树是用水浇的，你非要用火，你这样管只会毁了我，我就是中国传统式教育的牺牲品！你走你的，我不想看见你。"我抹去眼泪从家具店的院子里跑了出去。

漫步在街道上，我觉得自己就像失去灵魂的躯壳，游荡在来来往往的人流中。天阴沉沉的，飘着尘土的空气中夹杂着刺鼻的熏肠味道，令人窒息，我皱着鼻子继续向前走。忽然，一家挂着婚介所牌子的店吸引了我的目光，稍一驻足，我便走了进去。

红娘李姐热情地接待了我，询问了我的基本情况以及择偶要求，并介绍了他们的服务项目和相应价格。我考虑了一下，办了可以介绍六个女士的年卡。

李姐拿出合同和个人信息表让我填写，我刚准备填写就来个快递电话，我让师傅将快递放到单位门房后继续填表，当我正愁不知道怎么填婚姻情况那一栏时，电话再次响起，我一看是妈妈打来的便立马按掉了。李姐见状，善意地说："我看你挺忙的，要不你先回去忙吧，我稍后给你通过微信发一个电子版的个人信息表，你填好再发给我就行。"

我连忙答应，告别了李姐，我悬着的心才放了下来。如果婚姻情况那一栏我照实填，婚介所会像菜市场分拣菜一样把我按照三六九等对号入座，那我的选择就会变少，别说见对方一面，光在红娘这一关我就过不去，可如果隐瞒真实情况，按照纸质版最后的备注栏，没有如实填写个人信息且造成不良后果者须负法律责任。

过了一会儿，李姐将电子版个人信息表发给了我。电子版的表格比较简单，备注栏没有相关法律声明，可婚姻情况这一栏依旧有，旁边的括号里有未婚、离异、离异带小孩三个选项，我脑筋一转写下"单身"两字。随后，我将信息表填好发过去，李姐就着手帮我配对。

我耐心地等待了足足两周时间，李姐让我加另外一个红娘的微信，说她最近在准备鹊桥会活动有些顾不上，两个红娘一起帮我找，我联系哪一个都可以。

我心想，那个红娘我接触过，没有李姐好说话，两个红娘的加入虽然使我找对象的成功率提高，但是随之而来的信息暴露风险也在提高。

"李姐，你忙你的，我不着急，张姐的微信我就不加了，你啥时候忙完碰到合适的了告诉我一声就行。"

"好吧，姐帮你留意着。"

过了一周，李姐给我发来一张女孩照片，我表示没感觉，她又发来另外一张女孩照片，我还是摇摇头。

"李姐，咱俩的审美不一样，我从你微信朋友圈找找，你等一下。"

我从李姐近期的微信朋友圈里挑选了一个带有照片和一个没有照片只有自我介绍的女孩，将相关信息截屏发了过去。

"这个有照片的女孩已经牵线了，正跟别人接触着呢，另外一个我把照片私发给你，不要乱发别的人哦！因为有的人不愿意公开照片，你看看对她有没有眼缘。"

"挺好的，照片上的她气质跟自我介绍里的温文尔雅挺符合的，我愿意见面，李姐你沟通下，看她愿不愿和我见面。"

"好的。"

我在李姐的牵线下，我有了婚介所的第一次相亲，我和女孩约了到一家火锅店见面。她带着她弟媳妇一块过来，我见到她的第一面内心吃惊不已，心想图P得也太厉害了吧，照片上的人跟真人完全就是两个人嘛！即便如此，我还是礼貌地跟她们交流了起来。我发现我和她弟媳妇倒是聊得来，同样有着运动的习惯，还有相似的三观，长相也是我喜欢的类型。相亲女孩关心的重点则在我的自身条件上，问了我的工作是在机关还是基层，是什么职务，房子多少平方米，是不是全款买的，有没有车，准备买什么车。一番交流下来，我发现现实中的她跟其资料里的温文尔雅之类的词语根本沾不上边。

饭后，我给李姐打去电话，说那女孩跟照片完全两个人，差异太大了。

"这个女孩，我没有见过面，她的照片是微信发给我的，虽然长相没看上，那你觉得人怎么样，能聊得来吗？"

"聊不来，不是一个世界的人，我跟她弟媳妇倒能聊得来。"

　　李姐"扑哧"一声笑了："好的，没事，就当练手了，姐下次给你瞅准了再给你介绍。"

　　"嗯嗯，好的。"

　　自从和我吵了一回架后，妈妈感觉拗不过我，只好放弃了让我跟王晓燕复合的心思，联系身边的人开始帮我找对象。

　　"这个小张在你们小区幼儿园上班，是你妈的老乡介绍的，微信加上了你就说是食堂李阿姨介绍的。"

　　"知道了。"

　　我加上她的微信后，查找可聊天和了解她信息的资料。却发现她的朋友圈显示"朋友仅展示最近三天朋友圈"，就连背景墙和个性签名也没有任何内容，我一时间不知道该怎么跟这个姑娘聊天，若打了招呼却跟不上后面的话题就尴尬了。

　　突然，我灵机一动，发了微信过去："你好，小张，我是阿兴，食堂李阿姨介绍的。"

　　"你好。"

　　"我看你微信名字是'小幸运'，你是喜欢这首歌吗?"

　　"哈哈，没有，就是觉得好。"

　　"哦，那愿你一直幸运下去。"

　　"哈哈，谢谢。"

　　"对了，你平时都喜欢干什么?"

......

　　我们俩的话匣子就这样打开了，我根据她喜欢的美食口味选了一家餐厅邀请她一起品尝，她欣然接受。

　　到了约定的那一天，我提前到了餐厅，定好包厢把地址发给她，见她迟迟未回消息，我鼓起勇气第一次拨通了小张的电话。

　　"你好，是小张吗？"

　　"嗯，你是？"

　　"我是阿兴呀，你没回消息……"

　　我话还没说完，就听到电话另一头传来女孩的笑声，我有些纳闷，也有些害羞。

　　女孩告诉我她在和朋友逛商城，没看微信，等下就来。

　　见到她后，我发现她比照片上还漂亮。她用手机给我看了下在商城看到的衣服，我做了点评，两人第一次见面聊得挺舒服的，也很放松。饭后，我陪她逛了下旁边的生活用品店。

　　我觉得有戏，于是提出第二次约会。没想到她一直没有正面回复，以各种理由推脱。

　　我只好给介绍人李阿姨打电话，问这女孩是不是没看上我，没看上的话，我就不打扰了。

　　"人家看上你了，你们约完后的第二天我就问了，她对你挺有好感的，你要主动去追求，女孩子都是这样，加油啊。"

要追？我听了一脸蒙圈的表情，才见了第一面，这就要追啦？我还没了解她呢，追什么追？

我发了下牢骚，继续问候小张，找她聊天。她也开始发朋友圈动态，我们相互在线上了解对方。

这回，李阿姨打来电话，说："你前几天不理人家，人家明显不高兴了，你这几天又联系上她，她一下子又有笑脸了。这说明小张心里有你呢，她就想试探试探你，让你再追追她。"

"谢谢李阿姨，我知道了。"

当她表示愿意第二次见我时，我考虑了一下，觉得应该在第二次见面前把自己的情况告诉她，如果她愿意我们就继续走下去，不愿意的话也别耽误对方。

小张知道我的情况后很生气，问我为什么一开始不说。

"你知道《非诚勿扰》那个相亲节目吗？男嘉宾上场后给人的第一印象决定了第一轮的双向选择，当他放了 VCR 里的个人经历后，有了第二轮选择，放了情感方面的 VCR 才到第三轮选择。可现实社会哪有'非诚勿扰'？在我们这个小县城，相亲的男女可能只有第一次见面的机会，有的人甚至连见面的机会都没有。我没办法一开始就说自己的情况，只能在你表示愿意第二次见面前告诉你，抱歉，希望你能理解。"

"谢谢你告诉了我，我还是一个大姑娘，没有结过婚，我不能接受离异的。"

"没事，祝你幸福。"

我叹了口气，发完给小张的最后一条微信，就去爷爷家逛。

应该是妈妈给爷爷他们说了我死活不愿意和王晓燕复合的想法，他们见了我也不再提复合的话。婶子问了下我相亲的进展怎么样，我告诉她刚黄了。

"别灰心，婶子给你介绍一个，也是离异的，你联系联系，叫丫丫，是个好姑娘。"

"行呢！"

丫丫的性格很开朗，属于大大咧咧的女孩。我俩在微信上聊得比较投机，约好了第一次见面的时间地点。

我见到她的第一面吓了一跳，不禁揉了下眼睛。丫丫跟小张长得太像了，就连脸都几乎一模一样，从背影看我还以为是同一个人呢。再仔细一看，两个人的穿衣风格不同，性格也不同。我跟丫丫在一起，感觉更放得开，话也更多了。

"我感觉你跟我周围的人都不一样，你跟长征的那些年轻人都不一样，他们只知道下了班去哪儿喝一杯。没有人会像你一样跟我聊人生、聊理想，还有你健康的生活方式。"

"你喜欢听吗？"

"喜欢啊，特别喜欢。"

　　我瞬间有了兴致，继续跟她聊了自己对教育方面的想法，一般这个话题是不宜过早聊的，而且年轻人也不喜欢这个话题，大多数人在没有孩子之前是没有育儿意识的。

　　"我们单位上周在花园铲土种树苗，让我有了灵感，以后我要是有了小孩，就带他参加亲子种树活动，一方面让他锻炼动手能力，并告诉他见证树成长的同时也在见证自己的成长；另一方面促进家庭形成良好的氛围，让孩子在爱的环境下健康成长。"

　　"好主意！"丫丫拍手称赞。

　　"嗯呢，我还有一个想法，我住的这个社区有利有弊，利是环境好，四周都是湖，弊是人有点少，尤其是孩子。虽然楼是刚建好不久的，人们才陆陆续续往进搬，可放眼望去，高层住户的孩子下来玩的还是少，不像我妈那个社区，娃娃们都皮得很，到处跑着玩。孩子是要好好学习，可也要玩，要跟其他的孩子一起玩，要人性化、科学化教育。我之前开的画室，引得小区附近的孩子都过来学画，我觉得效果不错，打算日后用我学的儿童体适能来免费教孩子们运动，这样孩子们就聚集起来了，既能锻炼身体，还能交朋友，大家一起玩。"

　　"真好，我就不会教育孩子，我感觉我以后要是有了小孩，若是女孩子，我就陪她玩芭比娃娃，若是男孩子，我就陪他玩男孩子玩的游戏。"

"哈哈，只要有心就好，没有人天生下来就会做父母。"

"我觉得你的心智太成熟了，说的这些都不像是这个年龄段的人该想的事。"

"其实，我刚开始也没想过这些，那是因为我上一段的婚姻失败了，我思考失败的原因，回想妈妈对我从小到大的教育方式。我明白了问题的关键在于教育。教育孩子好比考驾照，考了驾照才能上路，而很多人在教育这方面还没有达到合格水平就敢当家长，他们甚至都没有意识到家庭教育的重要性就稀里糊涂地当父母了，然后把孩子丢给老人，或者用他们认为对的教育方式来教育孩子，要求孩子，逼迫孩子，自己却在原地踏步！我觉得家庭教育，首先，家庭要和睦友爱；其次，父母要做出榜样，让孩子模仿学习，发掘孩子的兴趣和天赋，引导孩子独立思考；最后，家长和孩子共同成长，给孩子成长的天空！"

"你让我想起了一句话，'机会是留给有准备的人的'。"

"嗯呢，这个教育意识越早树立越好，尤其是咱们这些以结婚为目标谈恋爱的年轻人。有些年轻人结了婚还是单身的状态，还没有进入和适应丈夫或妻子的角色，成了家必然会牺牲自己个人的时间，放弃一些爱好之类的，连做好一个丈夫或妻子的角色准备都没有，那怎么可能做一个称职的父亲或母亲呢?！所以，没准备好就别结婚，没准备好就别要孩子，否则害人害己。"

"你是不是很少刷短视频？"

"是的，你怎么知道？我刚开始玩抖音的时候很容易上瘾，我就把它卸载了，慢慢能控住自己了，我就重新下载，偶尔玩一下。我感觉刷短视频像极了吸大烟，它能吸掉人的精气神，连刷短视频的姿势都跟吸大烟的一模一样。现在手机上有的电视上也有，那为什么不看电视呢？看电视不仅对眼睛的损害没有手机的那么大，还能促进家庭形成好的氛围。我打算婚后买个激光投影电视机，一方面自己看得过瘾，另一方面可以引导孩子少玩手机多看电视，营造一个良好的家庭环境。"

"说得真好，我感觉你太积极向上了，你很清楚自己要的是什么，自己要干什么。"

"嗯，我单身状态的时候生活就过得比较有规律。结了婚之后，两个人一起就不一样了。我对美好的未来还是很向往的呢。今天有点晚了，要不明天咱们去唱歌吧？"

"好啊，好久没唱了呢，对我来说，唱歌好听的男生是能加分的哦！"

"哈哈，好的。"

接下来的日子，我们两个很合拍，经常出来一起玩，微信上也聊得很频繁，不知不觉有恋爱的味道了。我感觉我好久没有跟一个女孩敞开心扉地聊天，这般放松地出去玩了。

可是，好景不长。有一次出差，我因为工作的缘故无法经常找她聊天。当时，我还觉得这姑娘真懂事，知道我在出差就乖乖地没有打扰我，我对她越来越满意，准备回去之后向她表白。

我出差回来后立马约她见面，没想到她一脸不高兴的表情，原因是我出差期间没有怎么联系她。我顿时害怕了，我还没有完全从上一段婚姻失败的阴影里走出来，她跟我的前任一样感性黏人，前任那种极端做法瞬间浮现在我脑海里，我害怕极了，当即决定由准备表白改成做普通朋友。

"你是不是把我当成你的前任了？我就知道，我跟她不一样！"

"对不起，我接受不了，承受不了。"

……

过了一段时间，丫丫去了外地，我们再也没有联系。

当我继续在寻爱的路上屡败屡战，不断总结经验，成长自己的时候，我也逐渐意识到婚姻中女人黏另一半是正常的现象，我上一段婚姻结束的主要原因是我不爱前任，而丫丫是个好女孩，我错过了她的确很可惜。于是，我买了礼物，写了书信，还坐车去找她，希望她能回心转意。不料，她已心有所属，我只好祝福。

妈妈见我找对象这般吃力，让我跟前妻复合的话又提到嘴边。

"听说王晓燕至今还未找对象，还在等你呢。"

"你不是说再也不提此事了吗?! 我就算找不上对象也不可能跟她过，我哪怕自己一个人过也不可能将就!"

一波未平，一波又起。奶奶因病去世，众人忙碌地张罗丧事，爷爷将我带入房中锁好门。

"孙娃子，爷爷给你说些话，你先答应我不要生气。"

我点点头。

"你爸走得早，我跟你奶就盼着你早日成家立业、留下后人，这样我们就放心了。可如今你奶奶先走了，她看不到了，我迟早也会有那一天，你到头还是单身一人，让我怎么放心呢? 听爷爷的话，跟王晓燕复合吧。"

还没等爷爷说完，我将自己的手从他的手里抽了出来，条件反射似的猛然站了起来，连连后退。

"你们怎么能出尔反尔! 我已经说过了不愿意! 你们也答应我了，为什么还要苦苦相逼，非要把我逼死才甘心吗?!"

我愤怒地夺门而出。

虚幻的梦境

　　奶奶的丧事办完后，集团公司举办党员集中轮训班，我被安排到第一期，地点是当地一所煤炭技工学校，采用封闭式集中辅导、观看视频、交流讨论等形式进行教学。我正好借此机会放松心情。

　　开班这天是星期一，集团下属各二级单位的同事陆续到技校报到。早上进行了开学仪式和专题讲课，下午进行"破冰行动"，学员们一起做游戏互相认识，大家基本都跟自己宿舍里挨得比较近的人一起做。我们宿舍共三个人，我和我们单位的一个小伙，还有青松公司的一个中年男人。因为之前一直跟青松公司有业务来往，加上这位老哥性格也很好，我们很快打成了一片。

　　活动结束，我们100多个人分成了3个小组到教室参与小组研讨。研讨专题为"重温入党誓词，诵读个人入党申请书，谈谈自己对中国共产党的认识、入党的动机及自己对初心和使命的理解"。

我感觉这个讨论像即兴演讲，于是，我的兴趣瞬间提起来了，快速思考并组织语言做准备。

大家挨个谈了自己的想法。轮到我时，我跟大家一样坐着娓娓道来。以前每一次发言，就算大家都坐着说，我也要站起来讲，这样我会讲得更有感觉，也表示了我对讲话的重视程度和工作的积极性。可自从经历了职场上的那些事儿，我对仕途再也没什么想法了。

"首先，我对中国共产党怀有无比崇敬的信仰，如果没有中国共产党，我们将不会在这舒适的环境中进行讨论学习，是中国共产党让国家走向繁荣富强，使国家和人民获得了最基本的尊严和独立。其次，说到入党动机，我入党是在大学里，当时学校的氛围特别好，党员积极分子处处发挥先锋模范作用，经常去敬老院、孤儿院参加敬老扶幼活动，还有洗校车、种植树等积极向上的事。我觉得这些活动很有意义，也深深感染了我，就加入了这个队伍。作为一名党员，应该牢记初心和使命，我觉得现在我们就像重新返回学校一样。所谓初心，即是不忘入党志愿，而使命则是坚定信念，立足岗位，自觉践行党的宗旨，在实现民族复兴的新时代作出自己应有的贡献。"

我讲完，大家鼓起了掌。负责组织我们小组研讨的集团组织部人员做了意味深长的点评："来到这里参加培训，既是为了学习提升，同时这里也是大家相互交流、扩展人脉的好场合，大家都畅所欲言吧。"他说完了看了一下我，然后让其余的人继续讲。

封闭式培训学习的第四天，我们被组织安排去"红军革命纪念馆"参观。

大巴在服务区停留，学员稍作休息时，我安静地晒着太阳望着天空，好久没有这样惬意地出来放松，没有这样刻意地晒着太阳。晒着晒着，我突然有了灵感：

"'人车'缓缓地上来，原本黑暗的巷道由外到内照射进光明，大家三五成群地骂骂咧咧地带着工具走了出来，大多数人没有着急进去换衣洗澡，而是不约而同来到澡堂旁的老地方席地而坐，互相递烟，边抽烟边唠嗑，享受着这短暂又美好的阳光浴。对于他们而言，只有在这晒太阳的半个多小时才能感觉到心跳，感觉自己还活着。平日里如打洞的老鼠一般见不到太阳，甚至还可能遇到不好的突发状况。"

我之前一直在发表短篇小说、散文，在大学许老师的鼓励下，我准备写书。俗话说"万事开头难"，我想了许久都未曾想好一个开头。如今，我机缘巧合下有了灵感，真是欣喜若狂。

　　培训的最后一天，我们又进行了小组研讨。这一次研讨专题为"谈谈对今年开展的党史学习教育有什么心得体会，并就如何持之以恒做好学习谈谈想法"。

　　看了下题目，我不由得心想：这趟党员培训收获很多，我结识了新朋友——青松公司的杨哥，过了几回即兴讲话的嘴瘾，还想到了梦寐以求的书籍开头。真好！

　　轮到我发言，我略带激动地说："今年的党史学习，我觉得特别好，学习内容多样化，从早上的专题讲课、团队协作活动，到下午的小组研讨和观看爱国影片，以及外出参观'红军革命纪念馆'，都是经过精心安排的。我个人收获很多，希望党组织能经常组织这样的培训活动来不断增强我们的信念，丰富我们的党史的知识和见识。至于如何持之以恒做好学习，我认为关键是养成一个良好的学习习惯并在工作实践中学以致用。在这五天的培训里，老师们已经把学习方法教给了我们，正所谓'师傅领进门修行靠个人'，我们要根据这些方法自己去学、去摸索，不断提升自己的政治修养和思想素质。"

　　培训结束了，大家回到宿舍收拾东西。临走前，我跟杨哥约好中午一起吃个饭。杨哥是性情中人，我们相处愉快，聊得投机。杨哥通过我这几天的表现和交谈，感慨煤矿藏龙卧虎。我认为他人不错，加上他的工作单位离我的单位很远，以后可能很少有交集，就将心中的苦闷向他宣泄了一二。

在技校培训期间，我与杨哥在休息的时候随便聊了些。到了饭桌上，借着酒精，我将我从 17 岁在中铁工作开始，到印刷厂、日化销售，以及我数次陷入逆境、跌落三次低谷的经历都告诉了他。不知不觉，我们竟然从白天聊到黑夜，我情绪激动的时候，他也跟着激动，有时还握紧拳头抱打不平。

回到家，凌晨一点多了。杨哥打来电话问我好着没，以后有需要帮忙的尽管吭声，我感觉他说话的声音明显带有些激动，我们又在电话里聊了一个多小时才互道晚安。

俗话说"日有所思、夜有所梦"。第二天早上，我居然哭着醒来了，眼泪不止地往下流淌。应该是昨天聊的时间太长了，我本来在培训期间很惬意地放松心情，然而我这原本没啥事儿的人再次深深地陷入了过去。我将内心的苦楚编成文字发送到跟我关系要好且信任的几个人的微信里：

"我最近新认识一个朋友，我们从中午吃饭一直聊到晚上 12 点左右，然后电话又打了一个多小时才聊完，此时醒来的我，有感而发。

"我对自己的感受一直是痛苦、孤独还有坚强，但是跟他聊完后，我感觉我好像一直在做梦，忘我地痴迷了，我已经感受不到疼了。

　　"他说我可怜、很惨。好像是这样的，我好像只有曾经的父亲的爱，如今再也没有了，妈妈虽然是好心但爱的方式错了，我从她身上感觉不到爱。那些亲戚并不了解我的切实感受，就连我一直尊敬的爷爷也大概是好心促错事，还想让我重蹈覆辙。我在.外面辛苦漂泊，回来还要继续承受他们带给我更大的伤害……

　　"他还说我家人对我的掌控太强了，不但包办婚姻，而且就连奶奶去世，他们都能借此来逼迫我，简直就是封建家族。

　　"他这样一说，我一回想，还真是，家里的所有人其实都没有真正关注过我本人的感受。

　　"难怪我在家里自己的房间都是那么拘束，我甚至都不知道自己家是几号楼几单元。我的心好像死了，我感受不到疼了。平淡地写下了这些字，我站在旁观者的角度写下了这些字，就像跟我没关系一样，我觉得自己如今之所以会变成这样，原因还是教育的问题。我对生活还是有美好的向往，我努力让自己变得更优秀，我一点点地收拾新房，让它变得温馨，我希望未来的她会喜欢，我希望我的后代能在这个家健康成长，我希望我妈好好的。把这些写出来，我希望能帮助更多跟我有类似遭遇的人。"

　　过了十来分钟，朋友小贝给我发来信息："小阿兴，现在都学会熬夜了哦！"

　　我回复了一个龇牙咧嘴笑的表情，然后擦了下泪痕，缓缓拉开被子起身。

当我来到卫生间梳洗时，我习惯性地看了下镜中的自己。这一看，可把我吓坏了。一夜过后，我变瘦了！我边惊叹边用手摸着那张瘦得过于明显的脸，这张脸既消瘦又精神，昨天我的脸是什么样子的却想不起来了，只感觉瘦得厉害。我吃惊地从卫生间走出来，又照照了门口的试衣镜，结果依旧是那般模样。满怀疑惑的我将这一发现又发微信告诉朋友们，并穿上外套到外面散散步、透透气。

我在人工湖边溜达，手机播放了一首李玉刚的《赤伶》听着。随着歌曲的播放，一阵悲凉涌上我的心头。

不一会儿，财务部门的赵姐发了消息："昨天路过人工湖边新修的中医院，瞥见医院已初具规模，造型雅致气派。忽然就记不起它以前是什么样子的，以为它自始至终都是目前的形态。"

对，平时我没有发现自己变瘦，今天一照镜子发现自己瘦得厉害但却已经忘记自己以前什么样的了。

不对呀，昨天我也照镜子了，虽然没有印象，但明显是有区别的，不过我也确实不记得以前的模样了。

这就是凤凰涅槃，浴火重生！我曾经是初中落榜全年级倒数的差等生，现在的我跟以前的我有了明显的差别，可很多人都忘记了我以前有多差劲。

　　应该是昨日同青松公司的杨哥的聊天勾起了我对太多不好的往事的回忆，我才意识到自己以前是多么可怜、悲惨。其实，现在想起来，我是幸福的，有那么多人关心我，疼爱我，他们只是方式用错了，爷爷忍受丧妻之痛来劝导我，那是为了我好，这是多么伟大的爱啊！每个人的层次不同、角度不同，看到事情的面貌自然不同，我差点被扬哥带进沟里。

　　我一直单曲循环着那首歌曲，沿着人工湖走走停停，不知不觉地，听那首歌曲时我的心境已经由悲凉转化为柔和。

　　我心情平静后，回到家发现自己又没那么消瘦了，不知道何时我又变回了正常的模样。我不由得心中一惊，随即认为是记忆停留所致，便不再去纠结这件事儿。

　　变瘦的自己又变回当下没有瘦的我，经过这一系列变化，我感觉自己的头脑变灵活了，观察、应变等能力也迅速有了提升，犹如打通任督二脉一般。也许是"头脑风暴"促使我成长。我同时跟五六个人在微信上进行讨论，有的人没回复，有的人回复的内容一般般，还有的人回复得就很有水准。我根据他们的回应继续进行深度思考。

　　眼睛看着电视，脑子还在思考的我，突然被手机铃声唤醒。是陈经理来电，让我来单位加班写材料。

　　我瞬间一肚子火冒了出来。自从上次和他一起出差回来报销差旅费，他不知道怎么就惹了朱总，朱总在报销单上签了字又划掉了，这相当于作废了。他说是等朱总消气了再找其签字，可这一等就是两个多月，这差旅费可是我拿微薄的工资垫的啊！我难道不生存了吗？你还要我周末过来单位加班？

"陈经理，我连饭都吃不上了，哪有力气干活呢！你把报销的事情解决了，我再来！"

扯着嗓门对他说完，不容他解释，我就立马把电话挂掉了。

上次的升职事件直接导致我们俩离心离德，关系变差了很多。

过了两天，他依然束手无策，生怕再被领导训斥一顿。

我有些小看他的能力和为人，连下属应有的工资都要不来，谁还愿意给他卖命？你一个月收入一万多，而我们呢？差旅费你垫得起，我们可垫不起。你没本事要，那我自己要！

我气冲冲地来到陈经理办公室，他不在，只留下那孤零零的发票报销签字单放在桌子的正中央。我一把拿起它，停顿了片刻又放了下来。

记得朱总说过，找他签字必须是负责人，我还不够格。于是，我空着手去找他。

我往朱总办公室走，只见他刚好从门口出来。我立马走过去单手捂住肚子，微微摇晃着身体，眉毛紧皱，露出痛苦的神情：

"朱总，我扛不住了，扛不住了！"

"你咋扛不住了？"

"上次我跟陈经理去陇南出差，都两个多月了，差旅费到现在都还没有报销。"

"啊？你去拿报销签字单，我看看。"

"好的。"

我麻利地跑过去取来报销签字单，见朱总进了旁边的接待室，我全然不顾里面的人，敲了下敞开的门就径直走向最里头坐的朱总，准备将签字单递给他。

"你有那么着急吗?!"他怒斥了一声。

我意识到不对劲，立马转身退出去。随即，我身后传来朱总的嘀咕声："还真的扛不住了。"

虽然有失礼节、规矩，但我事先打好招呼了，如果是好领导，为民办实事，特殊事情特殊处理嘛。你嫌我在你忙的时候找你签字，那你下午也很可能会忙，只有早上7点你会早早来办公室，那时候无人打扰。我心里打定主意后关了手机。

第二天早晨，我起来后特意将昨天穿的短袖T恤换成了短袖衬衣，整理下头发，准备面对今天的较量。

我来到单位，天还灰蒙蒙的，办公楼也黑压压的一片，只有一楼调运值班室还有二楼靠右边的一间办公室亮着灯。

我望了眼二楼那间亮着的办公室，搓了下手，轻声又坚定地说："来吧！"

"笃笃笃"，我敲了朱总办公室的门。

"嗯，进。"

"朱总，这是昨天说的那个差旅报销单。"

他翻看了一番，忽然瞪大眼珠盯着我吼："这是我的问题吗?! 你把陈大海给我叫来！还有纪委书记和党委书记都给我叫来！"

我脑海里立刻浮现出一个词——"演戏"，接着面无表情地回复了一声"哦"就出去了。

我边走边思考应对之策。"敌人"太多了，好虎架不住群狼，我必须"策反"一个成为自己的帮手。

我来到陈经理办公室门口，门缝漏出来一线光，我随手敲了门并拧开门把手，只见他耷拉个脑袋坐在办公椅上，手里拿着手机。

"陈经理。"

他有些疑惑地看着我。

我合上门，坐在了他旁边的沙发上。

"咱们心平气和地谈谈心。"

陈经理挺直了下原来弯着的背。

"陈经理，我刚入职的时候，我肯努力，你肯教我。到现在我还记得，那天晚上我挂'诚信共赢'牌匾时，你恰巧也在，是你帮我一起挂上去的。我们那时候关系多好，经常还没走到跟前，双方就已经相视而笑了。"

陈经理点点头。

"我和你关系变得紧张，是从部门没有副经理，只剩下我和小徐两个年轻人，而你只操练我一个开始的。你说你曾经当人力资源科长时也是一个人干三个人的活儿，可你那时候已经有丰富的工作经验和相应的工资待遇了呀！我才来多久？这般拔苗助长，完全没有可比性啊！"

他若有所思地点了点头。

"最近发生的这个差旅费报销的事情，谁都不想吵架。可我要生活啊！兔子逼急了还会咬人，更何况是人呢。人没钱吃饭了，就干不动了，没法干了，没法生存了。我就是个小业务员而已，假如换成是你，你会怎么办？"

他叹了口气，看了下手表，对我说："晨会时间到了，回来咱们再聊。"

"好！"

晨会开完没多久，陈经理给我打电话，让我和他一起去朱总办公室，等下党委书记也会来，纪委书记下矿来不了了。

好啊，党委书记和朱总面和心不和，陈经理站我这边，纪委书记不在场，三打一，我的胜算很大。我心中窃喜，胸有成竹地来到朱总办公室门口，在一旁等着，让陈经理先进去。不一会儿，党委书记从楼上下来，我笑脸相迎冲他打招呼，他也对我微笑点头回应。随后，我跟在党委书记后面一起走进了"审判室"。

　　"陈大海，你自己说，到底是谁的错！我为什么把名字划掉了？"

　　朱总横眉瞪眼地对着陈经理训斥，然后看了看党委书记，指着我说："还有这个阿兴，昨天居然把我堵在办公室门口了！还一个劲地叫唤'扛不住了，扛不住了！'"

　　"阿兴，这件事其实跟你没关系。当初去陇南出差，用户举办一级煤炭销售中心开业庆典，朱总让我一个人去，不要带人。我想着让你增长下见识，锻炼一下。事情就是这样，是我没有听领导的安排。"

　　"听见了吗?! 是谁的问题！对了，阿兴，你昨天下午去哪里了？我让人力资源部部长找你都没找到，你还把手机给关机了！"

　　"朱总，我参加公司安排的职工体检去了，手机之前就有问题，一直坏着没修，陈经理知道的，昨天拿去修了。"

　　"是的，朱总。"

"你少给我护犊子，你们俩联起手来骗我，还真把我当傻子了！"朱总气得一跺脚。

"你跟谁在一起，谁可以证明？"

"我是一个人去的。"

"查！我还不相信了，非查到底不可！"

一直镇定的我，突然小手不由地颤抖了一下，我意识到后立马克制住。朱总敏锐地看向做小动作的我。

我知道躲不过去了，把心一横，只能用这招了，他无非就是想让我和陈经理承认是自己的错，以后老老实实按规矩办事。

我跨步走到他们跟前，挡在陈经理前面，来了个90度鞠躬。

朱总吃惊得身子往后一仰，然后本能地伸回来："你少来这一套！"

"对不起，朱总。都是我一个人的错，我没弄清来龙去脉就做出这些傻事儿，如果不是我，也不会出现今天的局面。"

朱总又吃惊地伸出脖子看向我身后坐在沙发上低头不语的陈经理。

党委书记见状打开僵局，问："那你昨天下午到底去哪里了？"

"哎，是因为签字报销的事儿，我拿工资垫的差旅费，实在是没钱了，别说找对象了，自己都没法生活了。"

"那你妈不管你吗?"

"我是个男人啊!"

"差旅费总共多少呀!"

"我都糊涂了,好像 1900 多块吧。"

朱总立马看了下报销单上的金额。

"都糊涂了,还怎么干销售!"

"我以后会长记性的。"

"嗯,小兴你先回去吧,好好长下记性。"

我怕党委书记放我一马,朱总却不肯,就又鞠了一躬,让他无话可说。打开门出去的那一瞬间,我嘴角挑起微微一笑,心想:这个朱总可真像曹操,而我倒像个不想夺他江山的司马懿。

我回到自己的办公室,过了十来分钟,陈经理满脸惆怅地进来。

"是我护着你,不是……"

我马上打断他的话,用手抚摸他的背部,连连说道:"我知道,我知道。"

"那个报销单作废了,我把报销款发你微信上了。"

"你自己掏腰包?那可不行!"

"你就拿上!"

"不行,那我不要了,这件事又不是你一个人的错,我也有错。"

"你不拿，我生气了!"

"好吧。"

"阿兴，你不要把自已逼得那么紧，你是'富二代'啊，轻轻松松活着不好吗?!"

我沉默了。

我以为事情结束了，一切回归正常。第二天，我跟以往一样，每天上班先将"疫情防控网格表"用企业微信给办公室秘书王姐发送过去。

过了一会，企业微信的小图标在闪动，是王姐发来的，她发来了一个"空白"。这是什么意思？难道是我做的表不合适？可是以前报表的事她都没有管啊。仔细看的话，我的表确实有问题，我只修改了行动时间及轨迹，没有修改每个人的体温检测情况。

"空白"包含了两层意思，要么是不小心按到的，要么就是这个表有问题，相当于"白报"，一试便知。我去她的办公室时，路过朱总办公室，发现门是敞开的，我没有往里面看，径直去找王姐。

"姐，我报的表合适吗?"

"很好，非常好!"

她这不寻常的回答让我更加疑惑，进门的时候她托着腮帮，头望向窗户，好像在思考，也好像在等什么。

　　我看向她的电脑，电脑桌面上正显示着她与我的对话框，我内心不由得惊讶起来，打了个招呼就准备离去。

　　再次路过朱总办公室时，我特意往里面瞄了一眼，朱总什么都没有干，端端正正地坐在办公椅上，仿佛也在等着什么。

　　难道是在等我？等我做出什么反应，想用这个细节来试探我是真傻还是装傻？

　　我刚回到办公室，部门新来的同事敲门而入。

　　"阿兴，公司要求要职工登录网址进行安全生产方面的答题，陈经理让你负责督促完成，今天下午下班之前就要报上去。"

　　"好的，有答案吗？"

　　"有呢，发到群里了。"

　　"哦，那咱们现在就答吧。"

　　"阿兴，有道填空题没有答案。"

　　"这个答案表里有序号却没答案，那有可能答案就是空格键。"

　　"果然，正确了，你按空格键就好。"

　　"那不行，打满就是满分了，只能有一个人是满分。"

　　"啊？"

"还有小徐呢，都得答题。"

"那孩子，干啥都磨磨蹭蹭的。我替他答了得了。"

"不可以代答，得自己答自己的。"

"好吧，我去给他说下。"

我下午催了三次才让小徐那小子答完题，下班后，我开始回忆早上王姐发的"空白"事儿，还有新同事说的两句话，这一系列串联起来，上级难道是想试我的能力，考虑提拔我？

早上上班，我悠闲地在单位院子里打扫着区域卫生。突然，电话响起，陈经理让我参加今天的晨会。我立马放下扫把、簸箕，跑到办公室取本子，出来看了下表，还有几分钟宽裕的时间，我又跑到卫生区域麻利又专注地打扫起卫生来，在我的视线范围内，我察觉到党工部的水部长笑着看着我，石经理点了点头。我每打扫一阵子就看下手表，心里好有底，到那个时间点，不管是否打扫完，我都得去开会。

时间到了，我刚好打扫完毕。将扫把、簸箕放回办公室，时间不够，放在这里则太难看，我带着本子和打扫工具往会议室方向走去，快到会议室时，我停下来把打扫工具放到了旁边的车库里，然后快速调整了下呼吸，用手抹掉脸上的汗，在即将进入会议室的那一瞬间，我面带微笑走了进去。

当我坐在会议室里时，额头上的汗还在往下流，对面的同事对着我咯咯笑，想必是在往会议室走的路上看到我打扫卫生的情景了，我微笑回应，用手抹了下汗，至于脊背上的汗只能回去擦了。同时，我不由心想：这是想操练死我呀！不好！明天有每个月都要开的供销例会，到时候集团领导、各生产矿相关负责人都会来我们单位，我这段时间因为找对象，还有发票事件，都没咋好好上班，脑袋里基本是空的。今晚，必须得加班充电以防万一。

晚上吃完饭，我来到单位。从一楼路过第一个办公室，看到门敞开着，我好奇地进去打了个招呼。

"兄弟，这么晚了，咋还没下班？"

"等个东西。"

"哦，那你等着，我先过去了。"

等个东西？等啥东西，不可能等我吧？我又不是个东西。我摇摇脑袋又笑了笑，继续往前走，发现我旁边紧闭门的办公室亮着灯，看来高哥也在加班。

我来到自己办公室，打起精神开始准备发言材料。我把记不下来的数字等相关材料打印了出来，剩下的根据市场现状和自己的想法在大脑里组织语言，准备尽可能脱稿讲话，打印出来的材料作为辅助。

当我"挑灯夜读"到九点，每隔半个小时左右，就能听见楼道的咳嗽声，接着楼道感应灯就亮了，多达三四回，我不得不多想：是不是在提醒我该走了？快到十点半的时候，我听到关门声，这时候我也基本上结束了，收拾了下也就回了家。

我从副科级干部群里看到供销例会时间定到下午三点钟，到两点半的时候，我提前去会议后面的煤质部串门，以便快速到达。

我在化验室跟平时关系要好的丁姐随便唠嗑，每过一阵我都会看一下时间，到两点四十八分的时候，丁姐的电话响起，我也起身该走了，当我挥手告别走出办公室门的那一刻，我听到丁姐对电话那头的人说："跑了！"

这个"跑了"让处在半信半疑状态的我确信他们在试我的"身手"。我躲在会议室旁的车库里静静等待，时间一点点地过去，按照常规，会议开始前十分钟大家就要陆续进入场地，我等到两点五十八分，断定不会通知我参加会议，就装作若无其事的样子回自己的办公室。

接下来的日子，我处在一个极度敏感又精神紧绷的状态。有一天，区上政府人员来单位了解区人民代表候选人事宜。我不禁怀疑是不是又是一关，借此考查下我？

今天下午总共有两场会，一场是区人民代表候选人投票的，在晨会会议室进行；另一场是党员培训会，在煤质部党员活动室进行。

我得到通知前往晨会会议室开会，路上碰到公司办公室的张哥。

"阿兴，知道在哪儿开会不？"

"知道。"我略微皱了下眉头，回复道。

"嗯，知道就好。"

紧接着，同事小徐来到张哥旁。

"张哥，你看，门房上长了个啥？"

"长了个树苗啊。"

"我看不是树苗，倒像是一棵大树。"

"哈哈。"

我一声不吭地来到了会议室，见后面都坐满了，中间又有些吵闹，我便坐在了第一排，戴上口罩，坐姿挺直，手握中性笔，双眼望向笔尖下敞开的笔记本陷入了沉思，像个雕像一样一动不动。

过了一会，我的视线中出现两个同事，正在缓慢地抬着桌子往主席台上搬，我矫健地窜过旁边趴在桌子上睡觉的同事，迅速搭上手，帮忙把桌子抬上去，安置好后我又回到了座位，变回纹丝不动的状态。身后随即传来"真有眼色"这样的话。

又过了几分钟，党工部干事李姐拿着摄像机进行拍照，让我意想不到的是她居然对着我来了一个特写镜头，这让我很不舒服，感觉自己像一个异类一样在被他们观察。突然，陈经理从窗户边经过，我立马起身从窗户的一角暗暗观察，他进了门房，他进门房干吗？门房里有单位各处的监控视频！我想到这里不由得一惊！

区上政府人员来了后，讲了几句话就让我们在几个候选人名单上打钩。会议结束，我回到办公室将门反锁，仔细排查房间里有没有摄像头，排查到最后无果。我突然将目标锁定在窗外单位门栏处停放的几辆面包车，我严重怀疑面包车里有人在暗中观察，我站在茶几桌上死盯着面包车里影影绰绰的身影，盯了差不多一个小时，我选择闭上眼等一会，再猛地一张开看看有什么动静。

接连几天，窗户对面的面包车都没有异样，我没有放松警惕，反而更加防备，就连走在回家的路上，我都神经紧绷地边走边观察着，自己像一个狼孩子一样，在这个森林里探险求生存，在回去的路上要时刻提防被敌人突然袭击。

当走到地下走廊时，我发现走廊旁的白墙上画着一面带有镰刀锤头的红色党旗，党旗右边是尺寸大约为旗子三分之一大的一个带着胡须的、寸头发型的中年男人肖像，人物肖像旁竖着写了两行字：甘肃党组织创始人，张一悟。

我愣住了，以前走到这里的时候可从来都没有发现这幅画啊，也太巧合了吧！在继续走的路上，我的步伐变得缓慢，突然，我的内心崩溃，有些撑不住了，膝盖开始弯曲，身子往下倒去，在倒下去的那一刻又本能地用手撑住地，接着慢慢起来，拍打了下衣服上的灰尘，深呼吸了下接着走。我的脊背变得有些弯，在进行了一系列的思想斗争后，我的腰杆子又恢复成笔直的，昂首挺胸向前走，在阳光的照射下，我露出了一丝得意的笑容，轻声说道："我又升级了，放马过来吧。"

　　回到家中，楼下住的张阿姨也在我的家里。我打开电视，跟张阿姨打起招呼，随便聊了起来。

　　电视上播放着中央五台体育频道。

　　"哎，观众席上怎么没有人？"

　　"现在是疫情期间，都是线上观看。你看，运动员不都戴着口罩吗？"

　　"哦，对。这样啊。"

　　"嗯嗯。"

　　话音刚落，我脑海里突然闪过一部电影的名字"楚门的世界"。我的额头不由流出汗来，难怪之前有那么多巧合，我的一举一动仿佛他们都知道。我惊呆了，他们是从什么时候发现我的，选中我的？是我开"爱心画室"时，还是我给"鲁迅青年文学大赛"投稿时？抑或是通过其他渠道投稿时？是什么阶段呢？

我正在苦思冥想的时候，妈妈对我说："你张阿姨认识一个很厉害的人，你想不想认识一下，跟这个人聊一聊？"

"想的话，我把那人的微信号推给你。"张阿姨附议。

"行呢，我认识一下。"也许我心中的谜团由这个人给我解开。

何老师的微信号添加上后，我们约好了周末下午三点见面，关于见面的地址，他发了一张图片。图片上显示，广场旁边的家属楼下有一些商铺，在商铺前的一个人造水池旁站着一个中年女人，一个似乎在等待什么的女人。

我看了后下了班就去"摸地"，虽然我知道那个地方，可还是认为得提前侦查一番，确定没什么异样，才回去了。

到了约定的日期，我提前半个小时到达。我看四处没什么异常情况，就把周围的铺面挨个瞅了一番，最后目光停留在"红河区心理咨询中心"这个门面下，照片上的女人就是在这个铺面前等着的，铺面外的玻璃窗用窗帘遮挡，玻璃门上挂着一把 U 型长锁，我透过玻璃门看向里面，里面的大厅摆着一张长条木桌，木桌后面的两侧有几间独立办公室。我随便看了一下就来到了照片上女人等待的地方，我双手环抱在胸前，闭上眼睛站立着。

不知等了多久，我睁开双眼回过头看，"红河区心理咨询中心"的大门敞开了，有一个男人正在拉窗帘。

我略整理了下仪表就走了过去。

"你好，何老师，我是阿兴。"

"你好，阿兴！"

何老师面带笑容地回应，并主动与我握手。

"你怎么想起来我这里了？"

"是张阿姨介绍我来的，让我过来找你聊聊。"

"哦，先坐，喝点水。"

何老师拿来纸杯，给我倒水。

"你发现这杯水有什么特别吗？"

"是不是太满了？"

"对！就是太满了，太满就容易溢出来。你就是这样一个追求完美的人。"

"咱们到里面的房间聊吧。"

看来他知道我的事，我心里边想边跟着他进去。

他拿出几份表让我填写。

"你是开朗型性格，你跟你前妻注定走不到一起，因为你们三观不合。"

"我的情况比较特殊，我跟前妻三观是不合，可我也不爱她，并不是符合我的意愿才的结婚。"

"你母亲好心办坏事，而那个女孩太爱你，可强扭的瓜是不甜的。"

"嗯，我唯一的错就是没有坚持住自己意愿。可那时候我怎么坚持？他们一步步逼的我！"

我的鼻子突然不透气，呼吸起来"吭哧吭哧"的。

"你怎么了？"

"我有鼻炎，情绪激动的时候也会影响到我的生理。"

"那就用你的意志力去克制它。"

"嗯！我明白你的意思。"

我调整了下状态，接着说："我婚姻失败的原因，主要归根于家人不懂家庭教育，没有在乎我的感受，要让我成为他们想要的样子，以爱的名义做非爱的行为。"

"你是什么学历？"

"我是本科。"

"你父母那一辈人肯定跟现在的你是不一样的，咱们再填几个表。"

我看了一眼表，突然哈哈大笑起来，何老师也跟着放声大笑。

"测情商、智商、逆商的表。"

"嗯，跟你之前填表的方式一样，不要犹豫，不要隐瞒，按照你内心真实的感受填写。"

"好。"

填好后，他研究了一番。

"根据之前的表和现在的表，判断出你有轻微的焦虑症和抑郁症，还有严重的强迫症。你的情商和智商都很高，就是逆商有点低，你是个有本事的人。"

何老师拿起笔在一张空白的纸上画。

"你看，一般人是这样，一条直线，直线思维。而你是这样，有跳跃型思维和逆向思维。比如别人在这个地方被狗咬了，那他下次肯定不会去，而你不一样，你还敢去，你能想出解决方案来。"

我自认为智商不高，情商是高的，逆商可是我最得意的啊，怎么到你这里我的逆商却成最低的了？我的逆商低，我无法理解。智商变高，应该是通过后天学习提升了吧。

我点点头回应："您说得对，我确实还敢走那条路，也的确有强迫症，但那是我刻意强迫自己的。"

"你为什么要强迫自己?!"

"因为我要进步，我要自律啊。"

"不能再追求完美了！它会害了你的。"

"那怎么办?"

"用反强迫症法。"

"反强迫症法,有点意思,我咨询完了研究研究。"

"你有没有心理咨询师证?"

"我没有,只有西安一所心理学院的学员证。"

"哦,那你想不想跟我学,工作之余干这行?"

"我暂时没这个想法。"

"我还有一家健身房,你可以兼职干健身教练。"

"何老师,你要是需要我帮忙,我有空闲时间的话可以免费给你干。"

"不!不!不能免费,你要收取费用,这个跟私交是两码事。"

"那我就不干了。"

"那就试试往仕途走?"

"我已经尝试过了,我不想走。"

"对了,你喜欢综合格斗,总要有个发展方向不是?拿个市级、省级的荣誉,那多光彩啊!你不想跟习近平握握手吗?"

我听到最后一句话时,内心瞬间敏感起来,果然是这样,除了我,所有人都是演员,所有人对付我一个人。

何老师看我依旧没什么回应,郁闷地挠了下他那本就有些秃顶的脑袋。

"那咱们今天就聊到这里，阿兴，我给你布置两个家庭作业，第一个作业是写下你自己的五十个优点和你母亲的五十个优点，还有一个作业是交一个朋友。对了，再考虑考虑你以后的发展方向，空有一身本领，浪费就太可惜了，这几年你要抓紧成长起来。"

我打完招呼便回了，在回去的路上，我越想最后一句话越觉得不对劲，再联想到自己的经历，仿佛一切都是被安排好的，九九八十一难，我刚好缺这一难，我甚至怀疑他们丧心病狂地给我设计了这一关！

第二天早上起来，我骑自行车去上班。前方一辆公交车停在公交站正在拉人，我骑行的速度逐渐慢了下来。当我看到没人再上公交车时，我立马提速从公交车靠右边那空隙处窜了过去，刚窜过去没一会，我就听到咳嗽声，我往左回头瞄了一眼，一个骑着前面带框框的自行车的大姐正看着我，她应该是从公交车的左边超车过来的，这样对自己、对行人都安全，难道是在提醒我犯错了？

在单位，我上二楼办了个事儿，顺便上了个厕所。出来后，碰到财务办公室的赵姐。

"那个厕所门要关上呢，味道大得很。"

"哦，好的。"

我转身回去合上了门，心里不由疑惑：难道全国人民都在教我做人？

回到办公室，新同事坐在办公椅上没有一点遮挡地擤鼻子。我心想，两个大老爷们，不雅观就不雅观吧，我也跟着擤鼻子。

不料，我刚擤完鼻子，还没来得及擦，他立马走向对面的办公室。我望着他的背影擦着鼻子，卫生纸刚扔到垃圾桶时，陈经理急匆匆地进来顺势拉上门，在我面前系起皮带来。我瞬间有点愤怒，又快速压住怒火看着他离去。凭什么你们不讲形象可以，我不讲形象就不行？还有，摄像头到底在哪？配合得也太默契了吧！

中午下班，我骑着自行车眼观六路耳听八方，生怕被人暗算或者跟踪了。回到家，我跟我妈闹了一场，都怪她跟张阿姨提什么让我见那个何老师呢，把我弄得人不人鬼不鬼的，家里是不是也有摄像头？我现在谁都不相信！

下午上班，陈经理安排我和小徐两个人把区域花园里的杂草除了，我见小徐没有去，我也没有去。

晚上下班，我没有去妈妈那儿，而是回自己的小窝。这一次回去，我选择了车辆较少的一条宽敞的路线，我以较快的速度向前骑行。突然，我眼角余光看到左边横向路口有一辆车飞奔而来，我立马按住刹车，单脚落地那一瞬间，那汽车一阵风似的从我面前横向驶过，紧接着，和我一起刹车的另一辆汽车的车窗打开，露出一个女人的脸，那女人发狂似的对着离去的那辆车一顿谩骂。我镇定地看向那个女人，心想：演得还挺像的。

只是几天没回，这边就有了一些变化。小区侧面安上了铁栅栏大门，我拖着自行车小心翼翼地走了进去，刚一进单元门，感应灯亮起，我走哪儿它照到哪儿，这一系列常规的小区设施完善却让我很不舒服，感觉过于巧合，我的神经变得更加敏感。

我回到家，先去卫生间洗手，发现粘在墙上的挂钩和擦手帕掉在了地上，这都挂了有一段日子了，怎么偏偏这个时候掉了？是不是有人给硬扯了下来？我赶紧看看其他房间有没有变化，结果看到在小卧室桌子上的文竹居然长出了一条长长的、嫩绿嫩绿的新枝干，对比以前暗绿的旧枝干，我严重怀疑有人给它接了一条新枝干。

我最后一个独立空间也被你们攻占了，我没有一点点隐私了，我这么多年跟家人抗争就是为了独立自主，现在你们竟然联合起来对付我?!

我握紧拳头坐在厨房旁边的吧台旋转凳上，突然看到地上有一只蚂蚁，心里不由暗骂，连虫子都给我放进来了，真恶心，我最讨厌虫子了，嘴里却放声大笑："哈哈哈!!!"

154

我用手捡起蚂蚁往大门走，打开门蹲下，神秘兮兮地将蚂蚁放到旁边敞开的安全门楼梯处，隔壁邻居家的小男孩打开门问我："叔叔，你在干吗？"

我露出坏坏的笑容："我在放生。"

想用小孩来探我的心思？要太小看我了吧！这招引蛇出洞，让我明白了家里绝对被人安了摄像头，就连邻居也是精挑细选来监视我的。这里的一切都是假的！

我打开电视，看到再熟悉不过的电视节目时傻眼了。这个电视上的软件当时是店家过来拿着 U 盘给我安装的，所有的电视节目都是一个劲地循环重复播放，而且似乎每一个频道都跟我有关，有的电视节目上播的好像我过去的经历，有的唱歌节目显示出的字幕感觉是在对我说话。

我崩溃了，科技太发达了。我调整了下心情，不由感慨道："厉害，佩服，你们也太看得起我了。"

我穿好衣服去楼下对面新建的人工湖透气溜达。我现在不仅观察车辆，还观察行人，我路过马路时敏锐地感觉到有人打着闪光灯在拍摄我，我四处观察，最后将目标锁定在电线杆上的车辆抓拍监控摄像头。

"拍！拍！拍！让你拍！"

我紧皱眉头，拿出手机也对着它一顿乱拍。

结果，人家还回应似的又了拍了几下，好像在俏皮地对我说："被你发现了！"

我不再理会，继续溜达。一对情侣从我身边擦肩而过。

"让你不早点说，人家现在变成王者了，不听你的了。"

我听到了女孩对男孩说的话后，不由心惊：隔音传话啊！

既然你们都是演员，也把我折腾坏了，现在轮到我反击了！

我见前面一男一女紧抱在一起站在人工湖行人道中间，便坏坏一笑走了过去，到他们跟前突然发出一声呐喊："哈！"然后若无其事地继续往前走，我用眼角余光看了下四周的人，仍然没有变化，暗想这些演员还真的是淡定，看来他们都知道我发现了真相，消息传得可真快，他们是用什么方式相互沟通的呢，手机软件？

我大摇大摆地走着，忽然想吃瓜了，就来到广场口买了个西瓜，我拎着装西瓜的袋子往家走，人行道旁边停着一排汽车，其中有一辆白色小轿车主驾驶座上有一个男人叼着烟，从打开的车窗处望着我拎的西瓜，我就纳了闷了，西瓜还要看，有什么可稀奇的？我经过他车的时候，故意拎着西瓜绕了他的车一圈，并心里暗骂：看！看！让你看个够！

走着走着，我面前走来一对戴着眼镜的中年男女，这一次这个男人没有看我的西瓜而是直接看我的脸。这些人把我当动物园里的动物了！我一气之下把他当空气一般，冲着他身后吼了一声。他吓得连忙用手捂住额头，旁边的女人倒是镇定地转过头看了看我。

我不再理睬，继续向前走，看到前方有一对跟我往同样方向走的互相搂着对方的小年轻，我故意紧挨着女孩的身边快速跑过去，快到他们跟前时又脚部用力发出阵阵声响。一气呵成后，我心里乐开了花，让你们玩我，相互伤害啊！心里说完，我仿佛听到遥控指挥的导演在对着屏幕讲话："快保护好自己的另一半！别让那小子胡来。"

当我回到家，看了看手机，刷了下朋友圈时，我发现之前加过的一个兰州的导游发了这样一个朋友圈动态："今夜有幸看到这天下第一雄关，果然名不虚传！"并附上嘉峪关的几张图片。

天下第一雄关？我还大闹人工湖呢！我得发个朋友圈"隔空传话"一下。可转念一想，我年初发过"这是今年最后一条朋友圈动态了"。

我思索了一下，从朋友圈删除了那条动态，并发了新的朋友圈动态："删了就不是最后一条了（坏笑表情包），鬼将、鬼将，以命换命！鬼才、鬼才，以生换生！哈哈哈哈……痛快！"

接着，我看了看小区群的消息，又是各种的骂仗，业主对小区的物业不满，每隔几天就要骂一下，这次吵架的原因是物业费过高，应尽的义务物业却没有尽，楼道到处都是垃圾。我突然想起前两天我来的时候见到物业工作人员打扫卫生了，而且我单位的楼道是干净的，就连我房门周围也是干净的，难道这群里的骂仗是演给我看的？让我也进去说两句？想到这里，我果断地退了群。

过了一会，企业微信的部门群发来消息，因我和小徐下午没有除草，办公室检查卫生时给我们俩每人罚款 50 元，并要求在明天完成整改，下周一检查。

这么快就来招了？那我接招就是。

第二天早上，我骑上自行车向单位出发，一路上碰见车辆，我不再躲避，而是追赶超车，我瞬间感觉这条道路成了赛道，我快他们也跟着快，我实在骑不动的时候，深呼吸几下，稍微休息了一会儿，就抹了下汗，继续像打了鸡血一样快速骑行。

我九点多到达单位，天气已经变得炎热。我从办公室取了一把小铁铲，来到区域花园处，选择太阳晒得最猛烈的一头开始除草。我平时在家很少拖地，而是蹲在地上用抹布擦地，感觉抹布比拖把效果更好。我边除草边想到了在家擦地的情形，几乎每一个角落的杂草我都没有落下，越干越带劲，好像开启了工匠模式一样专注认真、精益求精。干到一半时，我发现有几块地被水灌透，形成几个大泥坑。我心想，不会又是给我出的难题吧?！我从旁边捡来几块砖头放到小坑上，又铲了几铲土盖到上面。至于大坑，得用更大的石块才能盖住，我大脑开始回想摸查单位那里有大石块。突然，我往煤质部后花园的草丛中跑去，将丢弃的缺角的圆形青石板搬了过来。收拾好泥坑，又将旁边倒了的小树苗安置好，便接着除草。

在我忙得不亦乐乎时，"发小"帅帅拉我入群，问我"咋了，是不是出什么事了，有啥想不开的"。群里其他人也是出于关心问候了我。

"我这会儿正忙着呢，没事，真没事，你们先聊。"

于是，他们聊起了小时候的趣事，时不时也会带上我，但我注意力全在除草上了，没跟他们聊几句，就一门心思除起草来。

大功告成后，我拿起手机拍了照，高兴得发了一条朋友圈动态："作品！"

从单位出来，我又要过车辆骑行这一关，我打算换一条路线让他们琢磨不透。我从条条大路到泥泞小路来回穿梭。在一条平房巷道处，我遇到了一个老人，一个像极了我奶奶生命尽头时模样的老人，我的内心瞬间震动了，因为我上一段失败婚姻的事，我跟家里人闹得不可开交，他们三番五次劝我和前妻复合，当然也包括我的奶奶，我因此没有像以前那样经常看望她老人家，对此我愧疚不已。

我甩了甩脑袋，不对，这是幻觉，这是他们找来的演员。我推着自行车走出了巷道，在路过一间小商店的门口时，我再次震惊了，一个留着平头发型的小男孩一动不动地坐在小板凳上，他左手撑着下巴，右手攥着，眼神深沉地望着地面。这思考者的神态太像我了吧，就连这小孩的长相都跟我小时候有几分相似！

多思考好，从小要培养独立思考的能力，这是好事，加油！我心里嘀咕了一下，重新骑上了自行车。

当我加速行驶在平时经常跑步的一条马路旁的人行道时，眼前的一幕让我激动不已，一对穿着亲子服的父子在跑步，这是我向往的未来，这是正确的教育理念，这是正能量！

到了周一上班，我被安排清洗花园中间的圆形小水池，我看着脏兮兮、漆掉了色、有年头的水池，拿起小刀片开始工作。

大约过了一个小时，我起身休息一下，瞬间有点晕厥。

李哥路过，打了招呼："阿兴，你这样刮到啥时候呢？活儿让你干成细活了。"

"哈哈，只要有恒心，铁棒磨成针。"

到了下午，别的科室也派来几个年轻人帮我一起干。连续干了三天，最后一天又变成了我一个人干。

水池上的污垢刮完，又清洗了数遍，最后把水管放到水池里放水。看着清澈的水以及焕然一新的水池，果然跟以往不一样了，我满心欢喜地看着又一个作品的诞生，心情舒畅极了。

不知道怎么回事，我看着水面，看着看着，突然心就平静了。在骑行回家的路上，速度也由快变慢了，我一时间感觉到世界都变安静了。

我将微信个性签名更改为："淡看浮云散，潇洒天地间。"

过了几天，我去找何老师，将作业交给他。

"嗯，你完成得很好，我让你妈也写了你五十个优点，可她只写了七八个，这说明她还不够了解你。"

"她一直在按照自己的想法来，从来都不会换位思考，更不会改变自己。她管不住自己，她太爱管我，她只是出于一个母亲的本能去爱，那并非理性的爱。"

"改变不了别人，那你就改变自己吧。"

"嗯，我一直都是这样做的。"

"我看到你今天的状态要比第一次来时好很多。"

"嗯，是好了很多，第一次来时，我处在一个神经紧绷、极度敏感的状态，而现在的我平静了。"

"那就好，你要好好规划下自己的未来，想想该往哪条路走。"

"我已经想好了，你不是说过，假如有人在同一个地方被狗咬了，那他下次肯定不会去，而我还敢去。我想把我经历过的这些曲折写成书，把自己的经验写下来供大家参考，尤其是写给还没步入社会的大学生，因为无论是工作还是情感和教育，每个人都会经历，他们起码可以通过我失败的例子少走不必要的弯路。"

"你写出来能干什么，能赚钱吗？我还是建议你走仕途这条路。"

"哈哈，我发展的方向暂时定为家庭教育和写书。何老师，人各有志，你先忙，我就回了。"

"好的，祝你早日收获幸福，开启新的人生。"

"感谢。"

我离开后，沿着小路四处溜达，呼吸着新鲜空气，感觉这一次散步跟以往的散步都不一样，我感觉自己是活着的，是活生生的，我是有知觉地在散步。我想起有一次，我与妈妈闲聊，聊到拿职工福利卡领面粉和脉动饮料时，我随意将吃饭的时候一直喝的杯中水喝了一小口，却猛然察觉味道不对，感觉味道好淡。我当时吃惊地连连说道："不可思议，不可思议。"当我再喝一口水时，味道又对了，这回是水的味道。

"有趣，有趣！"

我伸了下懒腰，目光坚定地看向前方，准备再次踏入"寻爱之路。"

　　反正已经跌落谷底了，还有什么可怕的？再坏又能
坏到哪里去？只要往上攀登，都是人生时高峰期。

未完的故事

在红河区心理咨询中心何老师开导调节下，我和家里人的关系并没有和好如初。他们不变，只有我一个人变，对我来说是一个巨大的考验。

网络上有句话说："幸运的人一生都被童年治愈，不幸的人一生都在治愈童年。"我与家人的关系以及我婚姻上的失败，是错误教育，以及母亲从小事到人生大事对我过度干预导致的。我的伤口还没完全愈合就接着被撒上盐，心灵上有了更大的伤痕。我变得敏感，他们的一言一行在常人看来没什么，但放在我身上，就像点燃了火苗一般，迅速燃烧，我神经崩溃，愤怒不已，不好的往事也会瞬间涌上心头。

一个周末，我在自己的房子休息，我只有回到自己的房子才会感觉到放松。我打开电视看着二战纪录片，忽然一个专业术语"战后创伤综合症"在我脑海中闪过，我查询了一下还真有这个词。

战后创伤综合症属于创伤后应激障碍的一种，简称 PTSD。是重大应激事件、创伤引发的后续、持续、延后的情绪精神障碍，主要表现有反复重现创伤性体验，不由自主地在梦境当中、现实中和非现实中被迫性地回忆，由此引发严重的焦虑反应、恐惧反应，以及持续的警觉性增高，总怕情景再出现，对周围过分敏感。

这跟我的症状一模一样，而且因为时间太长，我从小到大的创伤记忆已经被深深贮存在大脑中，当我受到特定言行刺激时，就会瞬间暴发这个病症。

常规的治疗对我不起作用，只要他们没有改变，我的病症就会一直出现，而我又不得不去接触他们。没有个人的时间与空间，我的身心就难以恢复健康。

最终，我选择了折中的法子，有时自己住，有时过去看看他们。

我从一边过去爷爷和妈妈那里受刺激一边回来自己家中治疗心灵上的伤的路上坚持走到 1 月 31 日，这一天是除夕。

往年我都会早早去爷爷家看望他，跟大家一起吃年夜饭。而今年，我迟迟不敢出门，我前段时间是分开看望爷爷和妈妈的，现在一起面对他们我受不了。我仿佛看到他们一起对我洗脑的情景，虽然现在他们支持我自己找对象，但还会忍不住劝我和前妻复合，加上二叔也在，我的内心更加不愿意去，我感觉到巨大的压力笼罩在身上，压得我喘不开气。

我的心理防御机制在这一刻启动了，我给妈妈发了条"不想过去"的消息，接着任凭她怎么回复、打电话我都不再理会。我在悲痛万分下写出了"后记"，以此化悲痛为力量，并附上设计的插图发到朋友圈："愿新的一年度过所有艰难险阻，写下浓墨重彩的一笔而不枉此生！"

过了几天，我内心平稳后，分别看望了妈妈和爷爷。妈妈没什么变化，爷爷见了我后竟哭了起来，我顿时自责又无奈，连忙坐在他的身边擦了下他的眼泪，握住他有些冰凉的手，他也将我的手握得更紧。

"我知道你心里苦，可你到了爷爷这个年龄，身体出现毛病怎么办？你看爷爷起码身边有儿女照顾呢，你可咋办呢？不能太挑剔了，差不多就行了。"

我叹了口气，用手机便签打字给听力不太好的爷爷看："爷，我没有太挑剔，如果我不是离异的早就找上对象了。我所接触的相亲对象，有的是差太多，有的是人家介意我是离异的，还有一些出于特殊原因看不上的。至于以后，要是找不上对象，那我就认命了，到老了的时候我就去养老院，反正我在婚姻上不可能将就，与其在水深火热中度过一生，还不如青年时再努力找找，中年时自由自在，老年时孤独终老。"

爷爷看后，平静地点点头。

过了一会，婶子端着碗来喂爷爷吃饭，我说我来吧。我边喂爷爷边想自己得经常过来看他。可我如何突破心理障碍呢？频繁面对讨厌的人和事，我能不能受得了？

中午，我回到妈妈那儿吃饭。

"阿兴，你用大碗还是小碗。"

我紧皱眉头，回答："我自己来，你别管了。"

这句"我自己来，你别管了"我几乎每天都要说，有时候她听了就不管了，可很多时候她非要想尽办法管一管，而我又不得不多说几句，甚至再次争吵，我对往事不好的记忆也会随之浮现出来。

这一次，她听了这话没有管，我紧绷的神经略放松了一下，身体依然不自在。我想着想着，突然有了办法。就这样一问一答的小事而言，没有遭遇过父母从童年到成年剥夺选择权的人不会有这么过激的反应。我的问题出在对人不对事上，我要用意志力克制自己，不能对人不对事，而要就事论事，理智地对待。对！

我要给自己治疗，用抗敏治疗法！

这一疗法果然管用，我逐渐能跟他们和睦相处。当遇到他们接二连三要管的事儿时，我强行控制住自己，在没有触碰到底线的情况下，就事论事地拒绝。我克制自己，适应这个过程就慢慢好了。

到了大年初七，家里人给我介绍了一个教跳舞的姑娘。

初次见面时，她的闺蜜陪同她一起来见我，我们聊了下双方的经历以及价值观。我发现她们是现实主义者。在聊天中，她闺蜜的一席话让我差点惊掉下巴。

"我跟我男朋友是异地恋，我计划明年结婚。"

"异地恋？那你会缺少陪伴，家庭氛围和以后对孩子的家庭教育都会受到影响。"

"这都什么年代了，要什么陪伴，我自己吃好玩好多好。孩子？只要有钱，能有什么影响……"

我给她们俩说起了家庭教育的重要性，以及我对未来教育方向的规划。虽然她闺蜜听得快瞌睡了，但这个女孩倒听得认真，还不由感慨道"当你的孩子一定会很幸福"。临走前，她好奇地问我怎么做到坚持早睡早起、锻炼身体的，说她圈子里没有像我这么积极向上的人。我以为她愿意跟我有进一步的发展，便积极回应和邀约下一次见面。

可回去后，我通过微信连着约了两次，她都以工作或家中有事婉言拒绝。我问了下介绍人她跟我相亲回去后是什么情况。介绍人则说对我印象挺好的，让我加把劲，女孩子都是这样，让我再试一次。

我感觉到很为难，既然愿意继续了解，那为什么约不出来呢？如果第三次还约不出来，那前面做的一切都会失去意义，我也再没话可说的，便尝试约第四次。于是，我回忆起第一次跟那女孩见面的情景，看能不能发现一些有用的线索。

她和她闺蜜属于现实主义者类型的女孩，第一次见面她就借闺蜜的嘴问我自身条件如何，我说了工作和住房的地址，车子计划今年三四月份买。以我对女人的了解，大多数女人都不相信男人画的大饼，他们必须亲眼看到才行。难道是车的原因？想到这里，我联系了一下雷克萨斯4S店的销售人员，得知在元宵节前购车有优惠活动。我想即便跟这个女孩谈不成，我还是得买车，倒不如趁这次优惠活动先定下来，顺便探探这个女孩的真实想法。

"你好，小张。我这会儿在雷克萨斯4S店里，这是我选的车，你觉得颜色怎么样？"

"挺好的，你自己喜欢就好。"

"嗯，对了，你上回说你家里最近事儿有点多，我马上就有车了，干啥也方便，你有什么需要帮忙的就吭声。"

"好的，谢谢你，现在可以见面了，你晚上有空吗？"

"有空，我签完合同就回来。"

"好，到时候联系。"

"嗯。"

我没想到给她微信发了张车的图片，就真的把她约出来了，我既高兴又失望。这一次见面，她的闺蜜没有来，我抛出话题让她多说话，当晚聊天的氛围不错，我也进一步了解了她。

过了一天，我看马上快到情人节，就再次联系她。她以马上开班需要在家休息调整为由推辞了，我见状不再勉强，让她好好休息。

情人节过了的第二天是元宵节，她发了一条带有花束和礼物图片的朋友圈动态。这事情放到任何一个正常人身上都会有疑问。

"小张，元宵节快乐。"

"哈哈，也祝你元宵节快乐。"

"你班上学跳舞的小朋友是不是送你花了？看来小朋友们都很喜欢你这个老师啊。"

"花？哪有小朋友送玫瑰的呢？那是一个追求者送的！"

我不知道该说什么了，把这件事告诉了介绍人。没过多久，她的闺蜜打来电话。

"阿兴，你是不是有毛病啊，一女百家求不知道吗？你在选择别人，别人也在选择你。"

"可是，她已经将情人节收到礼物的照片发朋友圈动态了，说明她接受了那个追求者或者两人已经有了一定的感情基础了，我要是早点知道人家有情况，我不可能来打扰。"

"这都什么年代了，只要人家还没结婚你就有机会撬，能撬来那是你的本事，难怪你到现在还找不上对象呢！还有她发朋友圈动态，那是说明人家坦荡荡，人品好！"

我听得蒙圈，怀疑自己是不是真的没有跟上时代的步伐，现在社会都发展成这样了？如此明目张胆地脚踏几只船是坦荡？

我思来想去，终于明白了。她们没有上过高中和大学，上的是专职艺术类学校，她们的的社会圈子里都是这一类人，在她们的世界里，这种认知是很正常的，她们的价值观就是如此。

在这件事后，婚介所李姐给我介绍了她的好朋友。

连续两次跟李姐的朋友吃饭见面，她虽然对我评价还可以，也愿意继续认识了解，可我感觉不到她对我有兴趣，我们俩的共同话题不多，每次吃完饭都立马就回了，就连约出去玩也不太愿意，这个比我大一岁的女孩让我感觉到她没有青年人的朝气，没有谈恋爱的激情，也感觉到我也许并不是人家的菜，只是出于年龄到了她不得不面对个人问题的原因，她才跟我见面。

这样平淡的感情，即使走到一起也只是搭伙过日子，不是我想要的情感，我想要的是双向奔赴、两情相悦，生活中虽有平淡，可也有怦然心动的激情，这才是婚姻的初衷，爱情该有的样子。

我想了个促进关系发展的办法，下午下班约她出去散步，她以下午找房子有些累而婉言拒绝了。我猜到了这个结果，接着说："哦，我送你个小礼物，我就在李姐家楼下，你取完就回去休息吧。"

她一直推脱，说自己怪不好意思，在我接连劝说下，她才答应下来。等了二十来分钟，我老远就看到了她的身影，拿好礼物静静地看着她到来。她今天跟以往不同，像是精心打扮了一番。

"你现在暂时住在李姐家，这个礼物刚好适合你用，里面有小加湿器、补湿器、喝水杯、小夜灯等一些精致的小摆件和实用的生活用品。"

"你真是太用心了。"

看得出她很高兴，第二天李姐也告诉我她很喜欢那些礼物，看来我这份礼物送得很到位。接下来的日子，她跟我聊天的时候话变多了。

就在我认为事情往好的方向发展时，有一天，她突然发微信问我是不是有什么事隐瞒她。我敏锐地感觉到她已经知道了些什么，可我又不能直说，因为时机不太成熟，我们才刚有了个好的开端，如果过早地说了，很可能会像去年跟我相亲的幼儿园工作的小张一样毅然决然地拒绝了。经过快速思考，我决定装作不知道，没有回复她，她见状再也没给我发消息。

我意识到她已经百分百知道了，立马打电话给李姐，先当面约出来，告诉李姐这件事，再让她来劝说这个女孩。

当初选择红娘的时候，我预想到了自己是离异人士这件事情败露的可能性，所以我没有选择偏理性的红娘，而是选择偏感性且脾气较好的李姐。在此期间，我和李姐聊得比较投机，关系处得挺好，她也越发地了解我、信任我。

当我说完事情的前因后果后，李姐说："那女孩是去看望她住院的姑姑时知道的，她姑姑知道你的情况，还准备把你介绍给她呢，你说巧不巧！"

"红河区就这么大，遇到了我也没办法。姐，你是知道的，在这个社会死守规矩，不但办不成事，还容易被欺负，我觉得在不触碰底线和违背原则的情况下，灵活运用规矩就好。我虽是隐瞒自己离异的情况，但我希望她能稍微了解下我，我再告诉她实情，世俗观念对人的束缚太强了，我也是无奈之下才这样做的。"

"小地方的人就是注重世俗观念。我也经历过类似的事情，曾经遇到了一个很喜欢的男人，那男人过了两个月才告诉我离异还带有小孩的情况，如果我刚开始知道了情况就不想继续接触了，正因为接触了之后知道就是自己的菜，我内心反复挣扎了许久，最终还是选择了爱情。我认为这辈子能遇到双向奔赴的爱情不容易，错过了就真的错过了。虽然最后因为别的原因分手了，但我丝毫不后悔当初的决定。"

"是的，就是这么个道理，不能因为世俗观念毁掉缘分，缘分这东西可遇不可求，你又不是过给别人看的，我又不是犯了什么滔天大罪。离异代表一段婚姻的失败，但不代表我整个人生的失败，不能以偏概全，完全否定了我们这种人。我依然有重新获得幸福的权利，我跟其他人是平等的，我不认为自己有多丢人，我唯一能做的就是提升自己，不断前进，追求幸福，我对未来始终抱有美好的向往！"

"好，就得这样，姐看好你，我见过有些离异的人再婚后照样过得幸福，一些离异的男女同样很优秀，他们也不比别人差。我回去就开导她，有消息再给你说。"

"嗯，好的，麻烦你了姐。"

我通过跟李姐的沟通，准备在女孩情绪稳定后打电话约出来解释清楚，争取挽留。不料，我连打三个电话她都未接，于是我再次约李姐出来了解情况。

"她下午在睡觉，一觉起来以为是房屋中介就没有回。"

"哦，那她怎么看这件事，还有挽回的余地吗？"

"其实，她已经接受离异男士了，上一段谈的对象就是一个离异的。"

"哦，是因为年龄。"

"是的，你不应该隐瞒，让人家感觉你在骗她。"

"我隐瞒她是出于对她的尊重，我没有觉得人家年龄大，而且什么人都有，我哪知道她介不介意呢，那么李姐，她现在到底是什么意思呢？"

"她害怕以后要是在一起了，吵架的时候翻旧账，拿这件事说事。"

我沉默了一会。

"算了吧，因为她了解自己的性格所以会这么说。何况我跟她从刚开始认识的时候，她就不怎么对我动心，她对我来说有吸引力的点也不是很多。"

"没事，别灰心，你各方面都很优秀，再碰到好姑娘，姐给你说。"

"好的，谢谢姐。"

我将李姐送回去后，坐在新买的汽车上开始思考：我得改变策略了，因为今年我已经是 31 岁，处于这个尴尬的年龄，大多数人都会对我怎么还没找上对象产生疑问。世上没有不透风的墙，知道我离异是迟早的事，而我早点说又不行，晚点说又可能出现今天这样的情况。最重要的是我拖不起了，我没那么多时间耗下去了，我就是个普通人，男人35岁以后就很难找上对象了，选择只会越来越少。当初决定先隐瞒后告知是为了让自己有更多的选择，而如今只能和盘托出了，既然下一步要明说自己离异的情况，那较好的家庭条件也得说了。

没过几天，家里人给我介绍了一个幼儿园的老师，她不介意我离异，我看了下她的照片，也表示愿意见面。可见了面，我大失所望，心想：又是一个"照骗"。我接了她和她的外甥一起去吃串串香，在与她接触的时候，我发现她对她外甥的态度很凶，属于性格急躁、脾气大的那种人。

她理解我上次婚姻失败是出于特殊情况，对我也明显地表露出兴趣，可我却对她毫无兴趣了，礼貌地送回她后再也没有联系。

事后，我再一次改变找对象的策略，因为地域限制跟我同类的人少，当地人世俗观念强，我找了第三个年头还是无果，随着年龄的增长，我的处境只会越来越不乐观。与其坐以待毙，倒不如博一把。若到今年年底我还找不上对象，我就辞职去西安，在西安心理学院完成学业进而从事心理咨询工作，我能用"抗敏治疗法"治好自己的童年心理创伤，以及经历了那么多挫折，加上我对心理学感兴趣，我相信我能成为一个金牌心理医生。就算不是走上这条路，那我从事销售行业，找一家私企工作，凭借我这么多年的销售经验起码能立足。到了西安，大城市的人世俗观念没那么强烈，最重要的是人多，我找对象的选择就会变多。

又过了几天，老家的三爷给我介绍他们村的一个姑娘，见面前他告诫我不要提自己的离异情况，他跟女孩她妈商量好先隐瞒此事，等时机成熟了再告诉她。

"三爷，我都不瞒别人了，你们又整这一出，那女的要是不愿意咋办？"

"我从侧面问过这女娃，她说离异的男人也可以接受，只要人好就行。"

"这女孩有这个格局，那还瞒着干啥？"

"是她妈妈的意思，你的情况跟女孩上一段恋情处的对象很相似，她妈还以为是同一个人呢。"

"哦，既然是她妈妈的意思，我就不多问了，她妈肯定最了解她女儿，一切随缘吧。"

在三爷的牵线搭桥下，我和名叫晓珊的姑娘见面了。我对她的第一感受是，外形很符合我的审美，典型的瓜子脸、柳叶眉，一双水汪汪的大眼睛，鼻子和嘴巴都不大不小，恰到好处，笑起来嘴角边上还有两个小酒窝，她身穿碎花连衣裙，一头乌黑的长发披落在背，显得整个人落落大方，甜美动人。

我和她在聊天的过程中得知她考虑去西安发展，我一下子仿佛找到了志同道合的伙伴，随即附议我也有这个想法。我们越聊越投机，我的话不由得变多了。

我说："现在的社会变了，大多数人只追求物质，娱乐至上，不注重个人修养和精神信仰。很多青年人在职场上无法施展抱负，不得不随波逐流学会强盗逻辑、人情世故，利益纠纷、内卷问题根深蒂固，社会失去了原有的平衡。现在唯一能公平公正改变命运的途径就是高考，就是家庭教育。父母应该做出榜样引导孩子，而不是自己一回到家就玩手机，却要求孩子好好学习。更不应该逼孩子学习，拿"学习不好以后就打工"之类的话吓唬他，吓唬和逼迫都没有用，因为他还小，没有经历过，不会跟父母感同身受，被逼的学习只是被动的学习而已。父母应该帮助孩子找到他热爱的东西，带他去大学校园参观一番，告诉他只要好好学习以后就能来这里，这里有你热爱的东西和志同道合的朋友，你会成为你想成为的人和做你想做的事。让孩子形成主动学习的好习惯，父母不能过度干预他，要让他自己多选择、多思考，拥有一个健全、独立的人格。这样他的平台、圈子就会清澈舒适。父母千万不能以自己觉得那个专业好，那个就业有前景来强迫他改变方向，仅仅为了生存而学习是没有幸福感和成就感的，他适合或喜欢哪个专业就让他自己选哪个专业，这样他才会有动力好好去学习，以后才会有更多的选择，也一定会获得物质和精神上的双重享受。没有天赋，努力就什么都不是，努力到一种程度就成了天赋！"

晓珊听了之后，说："当你的孩子一定很幸福！我感觉你不像是红河人，倒像大城市来的，红河确实不适合你发展。"

没想到她非但没有反感我讲这些，还支持、认可我，这使我倍感欣喜。

我和晓珊互有好感，后续不断地约会见面。有时她开车来找我，有时我开车去找她，最后我们俩开同一辆车一起出行。我有了一种踏实又有激情的感觉。

我们迅速坠入爱河，相识的第八天，在夜空下，我放了烟花向她表白，自然而然地牵了她的手，水到渠成地成了男女朋友。

就在此时，晓珊的朋友叫她去西安，一时被热恋冲昏头脑的我猛然清醒，是时候该告诉她我是离异人士的情况了，否则会耽误她的。

这一天，她出差回来，我做了一桌好菜等她一起吃饭。饭后，将自己离异的情况以及来龙去脉告诉了她。她先是震惊，而后想了片刻，拥抱了下我，转身离去。随后，一条分手消息发来，我呆坐在家里，静下心后给三爷拨了电话，说明了情况，并问他要了晓珊妈妈的联系方式，打算最后争取一次。

"阿姨你好，我是阿兴。晓珊现在在哪儿？人好着吗？"

"一点都不好，把我埋怨坏了！我真不应该出这个主意。"阿姨心急如焚，自责道。

"阿姨，你别着急，事情已经发生了，咱们要想办法解决问题，她现在在哪儿？"

"回她的出租屋去了。"

"哦，你先把人稳住，好好跟她说。等明天她情绪稍微稳定些了，我过去找她。"

"我不敢，我现在啥话都不敢说了。"

"你不敢也得说！因为你是一个母亲。"

"好吧。"

到底是母女连心，阿姨一晚上没睡好觉，一直给晓珊认错，晓珊心软，不想再折腾她妈妈，就原谅了。

第二天，我去找晓珊，伸手去拉她手时，她情绪低落地躲开了。进了屋子，阿姨也在场，没想到我是以这种方式第一次见未来的丈母娘。我客气地打完招呼后坐在一旁。

晓珊不吭声，阿姨见状连连问我问题，问我离婚的具体原因，我没有躲闪，一一正面回答，晓珊听着听着也忍不住问了一些问题，我均告知。最后，没啥问的了，就随便聊起了家常。

晓珊送我出门时，我把她拉到一旁。

"晓珊，我虽然有一次失败的婚姻，但我总结失败的教训，对未来的幸福生活依然很向往，你看咱们第一次聊天的时候，我对你讲孩子的教育话题，就说明我时刻都在准备着，准备做一个有家庭观念的好丈夫和好父亲。为表真心，等咱们结婚的时候，我把新房的房产证加上你的名字。我相信我们会越走越好的，你就原谅了我吧。"

"你先回去吧，我再想一想。"

"好的。"

我觉得这时候我妈该登场了。让她打电话跟晓珊聊聊，事情可能会向好的一面发展。

妈妈最终不负所托，晓珊被哄好了，她还夸赞我妈口才好。

我长嘘一口气，与晓珊逐渐和好如初。没过多久，我们住在了一起，有了进一步交往，我们正式进入了磨合期。

有一天，在我下班回家的路上，三爷打来电话，告诉我晓珊提出新房房产证只写她一个人的名字的要求。我觉得不可思议，又问了一遍，内心一阵难受。三爷也认为这样做不合适，哪有写一个人名字的道理？要写也是写两个人的。

我努力平复内心，想心平气和地问问她到底是怎么想的。

回到家，她做了一桌好菜，笑脸相迎，让我趁热吃饭。我撑住气，尽量像往常一样和她先好好吃完这顿饭。

"今天的饭菜真香，辛苦你了。你是不是有什么话想跟我说?"

见到她支支吾吾的，我只好点了点话题。

"三爷都告诉我了，让我跟你商量。咱们自己解决，我想知道你是怎么想的。"

"这件事，我爸爸已经知道了，他埋怨我妈没有提前告诉他，也生气我找了离异的你，认为自家姑娘优秀着呢，不应该找个离异的。这样做，我和我爸心里都会平衡些。还有，我身边离婚的人很多，有的女人离了婚连个住的地方都没有，太可怜了。"

我刚听到她的家长有点嫌弃我的意思时，内心不由有些不悦，心想又是世俗偏见作怪，可转眼又冷静下来，认为她说的不无道理。当初，我二叔离婚的时候把房子给了前婶子，他确实爱那个女人，把唯一值钱的房产给了她。人生的前路黑着呢，她没有安全感可以理解，我选择了她就不可能轻易放手了，再则我只是个普通人，不可能会有第三次婚姻，那不太现实。至于世俗偏见，我不在意别人怎么看，并不代表他们不在意。

晓珊见我低头不语，忽然厉声道："你要是不愿意就算了！我自己挣钱买，不管你愿不愿，我都要有一套自己的房子。"

我微微皱了下眉头，感觉她在逼我做决定，好好的房子放着呢，非要自己挣钱买房，那心就不在一块了，我只好硬着头皮答应了。

她高兴地一把搂住我，并执意要送我去上班。

过了一周多，她突然时不时发脾气，说我说话不算数，我苦思许久也没有想出来自己到底是在哪件事上说话不算数。为此，她连续闹了两天，就是不说哪件事，一直到她妈妈主动联系我，问我和晓珊近期处得怎么样，并且提醒了我房产证更名那件事，我才恍然大悟，同时又吃惊不已，她居然要我在婚前将房子过给她！

最终，我咬牙一狠心，带她去问问房产证什么时候下来，要是下来了就直接去办手续。

售楼服务人员告诉我们到年底房产证才能办下来，她一脸不相信的表情，出了门就对我说："肯定是拿去贷款做抵押了，说是年底，还指不定是什么时候呢！"

"房产证的事，我也不太了解，我有个亲戚是干房屋中介的，我问问她，你也问问你朋友有什么法子可以早早办下来。"

晓珊急躁的内心暂时平稳了下来。

三爷见我们处得不错，张罗着让我们订婚，抓紧把婚事办了。我和晓珊都没有反对，等她爸从外地回来了就商量。于是，我开始策划求婚仪式，这个求婚仪式，我在前年积极寻爱的路上就已经不断构思了，这次我虽然是二婚，但我依然向往爱情，我要给心爱的人应有的仪式，这是对我们彼此的尊重，也是婚姻长久美满必不可缺的重要环节。

七夕节那天晚上，环境优美的人工湖旁的一块空地上，我领着她在众人的注视下来到了求婚现场。我拿起麦克风，乐队开始伴奏，我对着晓珊深情地唱了一首串烧歌曲，随后简要地说了下我们的点点滴滴，做出好好爱她的承诺，单膝跪地，喊出："亲爱的，你愿意嫁给我吗?!""我愿意，我愿意!"

随着一声"我愿意"响起，四周无数个五颜六色的氢气球飞上了天空，看热闹的群众一个劲地喊："亲一个，亲一个!"我们相拥在一起，轻轻吻了对方。结束后，我将30多枝玫瑰花分别送给了乐队成员、布置会场的朋友以及送上祝福的现场小朋友们。

求婚后的第二天，单位同事碰到我，都好奇地问："昨天晚上求婚的是你吗？一觉睡醒，朋友圈和抖音同城上全是你的视频，你现在都成名人了。"

我不好意思地笑了笑。

中午回到家，我和晓珊心情都很好，不停看着摄像师给我们发来的剪辑好的求婚视频和自己发布的抖音视频。可到了晚上，晓珊突然大发脾气，原来在另外一个人发的抖音视频评论区有前妻几个姐妹的恶意评论，我连忙安抚她。

"她们怎么这么没有素质，在公共评论完还私信联系我，关我什么事？你们的婚姻都结束三年了，搞得好像我是第三者插足似的！"

"我也没想到她们会这样，很可能是因为我前妻还没找到对象，我却大搞一场求婚仪式，她们的气没处撒，就以这种形式发泄。"

"气没处撒就撒在我身上吗?！你是不是还有什么事瞒着我，小卧室的小笤帚，还有你淘宝里收藏的小孩用品是怎么回事？"

"那些东西都是我在为未来做准备啊，之前已经跟你聊过。"我边说边拨通了张叔的电话，让张叔替我作证并劝说她。

"晓珊，你好。我姓张，你可以叫我张叔，我和阿兴是忘年交，已经相识多年了，很了解他的情况。阿兴是个积极向上的年轻人，他善于思考总结，提前做这些都是为了以后能当一个称职的父亲，创造一个幸福美满的家庭。现在年轻人能像他这样的可不多了，你要信任他，两个人要相互包容理解。我可以作证，阿兴没有小孩，老话说'没有不透风的墙'，红河就这么大，你可以随便打听。有误会很正常，解释清楚就好了。最后，祝你们幸福。"

"谢谢张叔，我知道了。"

挂断电话，晓珊恢复了笑脸。

有误会很正常，因为我和她从刚开始认识至今还没有那么了解对方，出现问题，积极主动去解决就好。其间我俩的情感也出现过磕磕碰碰，但不至于到分手的地步。

又过了差不多半个月，我们有了第一次争吵。晓珊每天晚上都睡得很晚，前期，我一直在陪她，后来因为第二天还要起早上班实在扛不住我就先睡了。当我醒来发现她在沙发上睡时，我提醒她去床上睡，没想到她又生气了，离我远远的，一直躲着我，我只好收拾去上班。

在上班路上，我心想：她莫名其妙地生气已经不是一次两次了，而且我一次比一次哄得吃力，她这一次的反应比之前还要大，感觉很反感厌恶我，我哄的难度明显变大了，说不累是假的，我有些受不了了。

一早上我都没有给她发消息。她妈妈打来电话，告诉我晓珊昨天晚上翻我的手机，看到我之前给别的女孩写的书信，所以才生气了。

"她翻得够仔细，又不是什么见不得人的事，而且那是之前的事儿，谁还没有过去，她不是照样接触过很多男人吗？还经常在我耳边念叨，这有什么可生气的，连这个都想不通？天天为鸡毛蒜皮的事斤斤计较，她累不累？我是真的累了！"

"我也是这么开导她的，谁都有过去。可晓珊还说你家里摆放了小兔子的摆件，恰巧你在书信中说那个女孩像兔子。"

"她真的是敏感过头，较真过头了！阿姨，我先挂了，单位的人叫我呢。"

中午回到家，我见她不在，打了电话给她，响了几声就挂了，她回信息说在客户那里，过一会回来。我见状出去随便吃了点东西就去单位了。过了二十多分钟，她打电话问我："人呢，不回来了吗？"我犹豫了一会，说："不回来了，我去单位了。"

车刚发动，我叹了口气，调转方向回去了。

我从电梯刚上来，便碰到了正出门的她。我们一起进了家门，两个人分开坐在沙发上，我实在不想说什么，看了看手表，马上要到上班时间了。

"我上班去了。"

"我也回我家了，我的东西你不用管，我自己开车拉回去。"

"把伞拿上吧，外面下雨了。"

"我不要！"

"要不你把我的车先开回去吧。"

"我也不要！"

她打了个车走了，我跟在她后面一直到拐弯处，我直行去单位，她则去了另一个方向。我感到失落和无奈。

下午，她妈妈再次打来电话，我说出了自己不想坚持的话。

"你们俩走到今天不容易，不能轻易放弃啊。好不容易把她爸爸说服，你们这边又不行了，晓珊就是脾气大点，再没啥缺点，她都能包容你二婚，你就不能包容下她的小脾气吗？"

"哎，阿姨你知道她现在在哪儿吗？"

"她排队做核酸测试采样呢。"

"哦，那行吧，马上快下班了，我下班了联系她。"

"嗯嗯。"

挂了电话，我心软了，并暗暗下了决心，不管她多大脾气我都能包容。

下班后，我联系到了晓珊，她在一家宾馆休息，我叫她回去，她不肯，我们就在车上当面说清楚。

"阿姨都给我说了，那些书信，还有家里小兔子摆件的事儿，我觉得你没必要因为这些而生气，书信是过去的，小兔子摆件只是我喜欢而已。"

"怎么没必要生气，你谈了多少个？你个花心大萝卜，你怕是把全红河区的女人都谈完了吧！"

"我都给你说过了，我跟那些人不是谈对象，只是接触而已，你自己不也接触了很多男人吗？都是一个道理。还有，我接触的时候都是一对一接触，并没有脚踏几只船，哪来花心一说，这只能说明我专情啊！"

"你接二连三地找，有那么着急吗？你找我是不是光为了结婚?!"

"肯定着急啊！我都已经31岁了，现实摆在面前呢，年龄越大就越不好找。我找你做对象肯定希望能走到最后，如果光为了结婚，那我早找上对象了，也不会等到现在。"

"你给我送的礼物，之前也给别人送过。你给我什么了？我就问你要个房子你都不情愿，我就是想成为你偏爱的那个女人，你懂吗？你一点都不懂我！"

"有的礼物，我觉得确实好，而且给你的礼物并不是所有都跟别人的一样。至于房子的事，我不是带你去看了吗？房产证没办下来，我也没办法。"

"我就是要你表个态度，房子我也不要了，你爱给谁就给谁去。"

"行吧，我想办法，行了吧!"

"我不想跟你说了，我要回去!"

我束手无策，只好再次联系了晓珊她妈。

"她住宾馆，你就进去找她，她不跟你走，你就赖在那里不走。"

"好吧。"

我心想她还没吃饭，便在附近买了些烧烤，再次联系她，说"吃的给你送来我就走"，她这才告诉我在哪个房间，让我上来。

到了房间，我躺在一边陪她，她不吃，我也不吃。最后，她终于松开了口，跟我一起把烧烤吃了，并跟我回去了。

我和晓珊虽然和好了，但我知道房子的事她会一直记在心上，不给她一个交代，她还会闹，还会提分手。于是，我想到了给她出个房屋转让书，即使房产证还没下来，她也能安心了，既然我之前已经决定要把房子给她，也决定包容她的脾气，那就去做吧！

我找到开打印店的朋友，将事情原委告诉了她。

"你傻呀，你打听一下，整个红河区随便找十个男人会有一个这样的吗?! 就你敢这样做。我告诉你，物质欲太强的女孩你驾驭不了，这种女孩不适合你。"

"我知道你是为了我好，可我找个对象不容易，而且晓珊说的也有道理，女人都希望得到男人唯一的爱，就算我给她唯一的爱和安全感吧，我希望能跟她一直走下去。我们一直走下去，那房子还是我们一起住的，她又不可能把我赶走。"

"她能接受你，确实是挺好的。可你还是得留个心眼，你想的是一直走下去，可万一人家哪天不愿意跟你一起呢？这还没领结婚证呢！我给你出个婚内协议书，若一方主动提出离婚，并有证据证明其存在过错的，那一方就放弃婚内所有共同财产，此协议书领完结婚证才生效。"

"可以。她自己不是说要我表个态度吗？这样一来，该有的态度有了，安全感也给了，谢谢你。"

"不用谢，你还是要留个心眼呢，就连这个协议，我原本是不愿意给你出的。"

"嗯嗯，知道了。"

我把协议书拿给晓珊看，不料，她一点都不满意，说光看了标题就不愿意看下去了。

我真拿她没办法，豁出去了！下了班，不敢再去朋友店里，到另外一家打印店出了张"房屋赠送合同"。打印好，我开车去美甲店接她回家。

"这是房屋赠送合同书，你看看，这下还有什么问题吗？"

"没问题了，我要拿回去给我妈看看。"她很高兴地说道。

"算了吧，就先放车上吧。你拍张照给阿姨看就行了，这种事知道的人越少越好，我都瞒着我妈呢。"

"嗯嗯，行。"

接下来总算风平浪静了一阵，我幻想着等定了婚，结了婚，有了孩子，晓珊慢慢就懂事了，就踏踏实实过日子了，现在毕竟年龄小，一切都需要个过程。

订婚的日子是双方家长找人算的，对于这种风俗，我自己始终不信，认为遇到对的人哪天都是好日子，遇到不对的人再好的日子也没用，但是这次选择的对象是我自己选择的，我就没有阻拦，听凭他们安排。

婚定完后，我经常去她家，也经常带她来看我妈妈。有一次，妈妈执拗地让我拿家中的新被褥，我再三拒绝，称家里有不需要。妈妈见我执意不拿，竟转向晓珊。

"阿姨，我们那里真的有呢，就先放您这里吧。"

"拿过去吧，这新被褥是我单位发的，质量好，你们把旧的放起来，新被褥盖起来舒服。"

"好吧，阿姨，那我们就拿上了。阿兴，你怎么了？"

"没事，我好着呢，只是突然觉得头有点晕。"

我意识到自己的童年创伤还没有完全治好，妈妈对我充满溺爱但强势的言行依然没有变，我可以接受她这样对待我，但我无法接受她用这种方式对待晓珊，让晓珊尝试一遍我经历过的痛苦。我感觉我的脑袋都快裂开了，我跟自己做斗争，一时间失了态。

我们计划国庆节去西安拍结婚照，就在一切准备就绪时，因为疫情缘故县城进行封控，我们哪儿都去不了。在封控期间，我们有了第二次争吵。有一天，我打开电视，随意点击着，发现可以用游戏手柄玩游戏的页面。我想：疫情期间居家无聊时可以玩玩，以后有小孩了也可以让他尝试下，了解和感受世间各种好与坏，这样孩子不会出于好奇做出出格的事。我们只需在一旁好好引导，帮助孩子树立目标，让孩子自己前进和学会克制。"

当我提出想买 300 元的游戏手柄的想法后，晓珊没有反对，但没过一会儿就拿着手机让我看 1000 多元的大衣，嘴里还一个劲地说："我没衣服穿了，我没衣服穿了。"

从我们俩正式谈对象开始，这句话就经常在我耳边响起，她这种花钱大手大脚的消费行为，我从刚开始的偏爱到反感再到习惯。

"晓珊，我前几天刚交了暖气费，现在手头就剩下些生活费了，你是知道的。"

"那你还买游戏手柄！"

"这游戏手柄我是拿花呗买的，你可以自己看。"

"我不看！"

"我平常既不喝酒也不抽烟，很少乱花钱，钱基本都花到你身上和这个家了，工资几乎月月光，这些你都知道，我是真的没多少钱了。而你现在可是有钱着呢！订婚的时候，我给了你两万多的零花钱呢，你一个有钱的人问我一个没钱的人要钱，是不是太不讲道理了?!"

我们俩不再说话，我这一次是真的生气了，她太不懂事了，我在卧室休息了片刻，出来之后看到晓珊更生气了，我无奈之下只好再次哄她。一直哄到晚上，她才消气。

"阿兴，你以后再不能惹我生气了。否则，我就不想说话了，我会心酸、痛苦、疑惑、迷茫、无奈、失望、放弃。"

我越听越感觉不对劲，那到最后不就成彻底决绝了？这么不懂事，还让我别惹她生气了，我有些不情愿地回答了声"哦"。我想着想着，忽然害怕起来，她情绪管理能力这么差，又这么容易生气，即使我受得了她，她有一天受不了我，怎么办？按照她说的这些词，爆发是迟早的事。

自从此事之后，我不由自主地跟她保持了距离，我们的关系再度变得紧张起来。我出去单独提水时，晓珊妈妈来电问我怎么回事，我把我内心的想法告诉了她。

"晓珊就是这种性格，你能把她的性格改掉吗？矛盾谁家都有，我跟你叔年轻的时候也闹矛盾，现在都觉得没意思了！两个人多包容，等有了小孩就好了。"

"好的，知道了，阿姨。"

阿姨的话不但没有打开我的心结，她的一句"本性难移"反而让我更加害怕，促使我产生了自保意识。我来到车里，将

"房屋赠送合同"撕毁并丢进了垃圾桶里。回到家，我们俩依旧不冷不热，原本温馨有爱的小窝变得压抑起来。她在主卧玩她的手机，我在小卧室写我的文章，两个人在情感之路上渐行渐远。

终于，到了解封的那一天，她受不了，穿上外套一声不吭地开门而出。我望着窗外下着的大雨，不由得想起第一次吵架分手的情景，然后长叹一口气，出门去找她。

我在楼下找了一圈没找到人，连打好几个电话也不接，过了一个多小时，晓珊湿淋淋地回来了，她去卫生间洗澡换衣，我去给她做个泡面，她出来后一口不吃，进入卧室关上了门。

第二天早上，晓珊收拾好出门。我走进卧室，从她的笔记本里发现了这段话："这么久以来的辛苦以及坚持，好像并没有换来更好的自己。24 岁的我一无所有，失去真诚的友情、真挚的爱情，还丢了那份工作，我的人生很失败，如今物是人非。冷暴力真的很伤人，只能渐行渐远。被冷暴力了一天，下楼走走，天却下了大雨，心情和天气一样阴沉沉的。我绕着小区走了 5 圈，第 2 圈的时候，帽子上往下来掉水，浑身湿透了。雨很大，风很大，走在雨里想了好多事，不知道去哪儿，脑子一片空白。此刻，我明白，无论任何时候，都要自立自强，这个世界上，你只能依靠你自己，当别人不需要你的时候，要学会自己消失，多一点自知之明，少一点自作多情。"

我看到后，百感交集。心软、心疼，还多了一丝慰藉，原来她心里是有我的，也很看重这份感情。我把笔记本放回原处，去厨房做饭，做好后发微信叫她回来吃饭，过了十来分钟，她回消息："好。"

中午回来，她吃了几口就再次准备出门。这一次，我跟了上来。

"你去哪儿？我陪你。"

"你陪我干吗？你不用陪我。"

"咱们以前不是一直相互陪伴的吗？走吧，你去哪儿，我陪你到哪儿。"

车上，我们一路无语。突然，她看到有卖橘子的，就问我吃不吃，我回头看向她，"扑哧"一声笑了："是你想吃了吧，我下车给你买。"晓珊脸上也终于露出了笑容。

我们把车停到了停车区，买完橘子，又顺便逛了一圈，心情顿时好了很多。

回到家后，我们的关系并没有完全好，于是，我找她谈心，说出了自己的担心，也承认了自己的错误。说到最后，我想跟我妈打个视频电话。

"妈，你在干吗呢？"

"我看着电视呢，咋了？"

"妈，这两天，我跟晓珊闹矛盾了，刚和好。我发现只要两个人心在一块，就算本性难移再次犯错也不会走散。就像我跟你一样,，纵使有天大的矛盾，我和你还是母子连心的。我在遇到晓珊之前不敢经常过来看你，就是害怕跟你之间再发生矛盾，但是我心里还是牵挂着你。我觉得一方面犯了错就应该尽可能地改正错误，另一方面还是需要好好哄对方。我小时候和你闹矛盾不想吃饭的时候，你就经常哄我吃饭，我应该像你对待我一样对待晓珊，不能让她晚上挨饿。"说到这里，我突然哭了起来。

"就是这样的，儿子。你的小时候妈妈怎么哄你，你就怎么哄晓珊，女人就是要疼爱的。"

我边擦眼泪边说："妈，我本来想跟你打个视频电话，带着笑脸问问你干着啥呢，随便聊几句，看看你是否好着，没想到说着说着我居然哭了起来，还哭得那么伤心，我知道哭的原因是自己经历了那么多艰难险阻，内心有很多委屈。不管你好心办坏事如何害苦了我，我这么多年也确实没有尽到一个儿子应尽的孝心。晓珊在疫情期间经常跟她妈妈视频聊天，我只是每天看看你是否好着，随便说了几句就挂电话了，甚至晓珊跟你视频聊天后，我也不想再跟你视频聊天了，只要知道你好着就行。也许是因为我没那么多话跟你说，也许是因为咱俩之间的隔膜太厚了，不管怎样，我的心里一直有你。"

"儿子，妈妈听到你说这些话，特别高兴，你说出来，心里就舒服多了，以后咱们家会越来越好。"

　　晓珊这时拿卫生纸给我，也在一旁安慰。

　　我的眼泪止不住地往下流，鼻涕也是一把一把的，我感觉我的眼睛都快哭肿了，用过的卫生纸丢满了桌子。

　　挂了视频电话，晓珊说本来不想这么快原谅我，看我哭得这么伤心就原谅了我，然后告诉我，她的前任是怎么哄她的，想让我跟着学习似的。我的注意力不在她身上，而是逐渐平复自己的内心，摸着哭肿了的发红的眼睛，安静地思考了很多。经过跟晓珊吵架这件事，我领悟了很多东西，我和妈妈彻底和好了，我彻底原谅了她，我要经常带着笑脸看望她。同时，为了减少以后跟晓珊相处时的矛盾，我决定改变自己，我要做好情绪管理，我管不住晓珊发脾气，但我可以管住自己不乱发脾气。最后，我还有了教育方面的灵感，意识到情绪管理的重要性，暗暗记下以后在教育孩子方面一定要把情绪管理加入，帮助孩子成为一个有本事、有涵养的人。

　　我跟妈妈的关系越来越好，终于有一对母子该有的样子了。有时我们过去看她，有时她过来我们这边转。妈妈过来时，晓珊会做一桌子好菜，我们一家人已经好久好久没像现在这样幸福快乐了。

到了年末，晓珊告诉我，等疫情控制住了，她想去学习服装设计，这是一直以来她的梦想，也是她最喜欢的职业。

"嗯，我支持你，我要是能提前走也会去追求自己喜欢的职业，如果走不了，即便退休后我也要去追求。"

"挺好的，我也支持你。"

"嗯嗯，我们都会实现自我价值，追求到自己热爱的事业。以后有了小孩，我们都会成为孩子的榜样，帮助孩子发现自己热爱的事物，树立远大的目标，形成自驱力，主动自觉地向他热爱的梦前进！"

就在全家人都怀着着对美好未来的向往的时候，我万万没想到还会再次发生争吵。在一次刮大风的日子里，晓珊炖了鸡汤，我们中午吃完饭，晓珊说她下午开车给阿姨也送些鸡汤喝，我听了特别高兴，让她出门时多穿点衣服。

"晓珊，我回来了！我给你买来了你爱吃的红薯。"我高兴地看着眼前变得越来越懂事的她。

"你是不是有什么话想跟我说？"

"有什么话？哦，对了。谢谢你给我妈送鸡汤，我妈说很好喝，她特别感动，高兴得很。"

"不是这件事，原来放在车上的房屋赠送合同呢？我下午送鸡汤时，在你车上找眼镜布没找到，却意外发现合同不在了。"

"晓珊，事情是这样的，还是咱们上次疫情封控时发生的事……"

我将事情原原本本地告诉了她，然后小声问她："你能理解吗？"

她点点头。

"你生气不？"

她摇摇头。

"你相信我吗？"

她再次点点头。

"那就好，我想的是到时候过户，咱们直接过去就好，这两张纸其实也用不上。"

"好的，我吃饱了，去看电视了。"

我望着晓珊离去的背影，长长松了一口气，心想这回总算没有闹腾。

然而，当我洗完锅去找她时，明显感觉到了她跟以往不一样，就连家人群里的聊天消息她也不愿意回复了。我知道她把这件事装在心里了，接下来的几天里，我们俩又变得不冷不热的，一直到传来晓珊她妈那儿解封的消息，她招呼都没跟我打一声就开车回家了。

我知道她安全到达的消息后也回了我妈那儿，本想第二天下班过去看她。妈妈说："你今晚住咱们家，还是住你那儿？"我思考了一下，说："妈，我出去散散步、消消食，晚上还是住咱们家。"

到了第三天下午，一下班我就开车去找晓珊。在路上，我不由得想起我们之间的往事，刚开始认识交往时，我就这样一遍又一遍地过去找她，心里一点都不觉得累，反而很激动和期待。

没想到这一次因为房屋赠送合同被撕的事，我连着跑了三遍，晓珊对我还是爱答不理的。我没办法了，只能将事情告诉了妈妈。

"阿兴，这件事你没错，站在咱们男方的角度，你撕毁了很对，你们还没领结婚证呢，哪能只写她一个人的名字？！可站在晓珊的角度，她生气也能理解，要是我的话，我也会生气，你确实把她骗得团团转。"

"我没有骗她。第一，刚开始的时候是她自己提出来的要求，我被她逼得没办法才答应的。第二，我虽然确实答应她了，但她情绪管理很差，很容易闹脾气。假如结婚了，两年内不会要孩子，这万一她受不了提出分手，在不平等关系和合约下，我被她拿捏住，最后落个人财两空，再找可就变成三婚了！我也无力继续前行，这辈子就算完了。所以，我能不害怕吗？！正常人都会害怕，出于本能的自保，我毫不犹豫地撕毁了那份合同，最坏的结果当然也会想到。"

"妈妈理解你，我儿子做的一点都没错。晓珊，我觉得是个好姑娘，这样吧，咱们周末一起去看她，把她好好哄下，叫回来，她也该回来了。"

"嗯，行呢，妈，正好她爸也回来了。"

"好的，到时候多买些东西过去看望。"

到了周末，我开着车带着妈妈一起去往晓珊家。

"阿兴，这是你们最后一次磨合了，矛盾提前爆出来也是好事，以后你们就能顺顺利利的了。"

"嗯，好的。妈，我曾经认为仪式感很重要，为此还专门买了一本书研究。如今，我意识到'哄'也很重要。"

"那当然了，我们单位有个男的，把他老婆哄得可开心了，就动动嘴巴，他老婆变着花样给他做好吃的，女人就得哄着来。"

"嗯，我明白了。"

到了晓珊家，刚聊了几句，晓珊就去了自己的卧室，我跟着过去，想去抱她，她躲到了一旁，接着翻了旧账再加新账，将我一顿训斥，还说了"人家找二婚都是有多少钱花多少钱"等很难听的话语。我听到最后，双膝不由得别了过去，一声不吭地强忍下来。

"你就知道不说话！"

"对不起，都是我的错。"

"除了会说一句对不起，你还能干什么?!"

我心想：该不会要拿什么做补偿吧？还是又要提什么条件了？想了下，无奈地跟她讲起了道理。

话还没说完，她就愤怒地一把拉开门帘回到了客厅。不一会儿就从客厅传来了她的咆哮声，我赶忙起身出去看，这时晓珊她妈走了过来。

"你说什么话了，把她气成那样?"

"我什么话都没说啊，一直跟她心平气和地讲道理呢，不承想她变成这样了。那她到底是什么意思，这个事情到底怎么解决?"

"晓珊说了，要你们家的房子和铺面。"

我瞬间无语，掏出手机给妈妈发了条微信："妈，人家要房子和铺面呢，走吧!"

发完消息，我来到客厅，只见妈妈还在一个劲地劝说晓珊，晓珊则一脸决绝的表情。我一声不吭地坐在一旁等待。

晓珊爸爸见状对我说："阿兴你有什么话就说出来，别老憋在心里，说出来咱们好解决。"

我看向晓珊妈妈，说："阿姨，这种事能说出来吗?"

晓珊妈妈不好意思地摇摇头："不能说，说点别的吧。"

"我和晓珊刚认识的时候，经常开车过来找她，是为了有更多了解的机会，后来走在一起了，我怀着想见她的心来找她。如今，连续跑了四次，我是抱着跟她和好的心来找她的，甚至等我以后老了，我依然能够坚持过来找她。所以，不管我找她是怎样的心态，始终都是为了能够和她走得更长久！"

除了晓珊外，众人听后纷纷点头。又坐了一会，我们便离去了。

"妈，前面晓珊的咆哮声是怎么回事？"

"她说：'送我一套房子又怎么样？！我连一套房子都不值吗？！'"

我摇摇头，说："这个女孩我确实不敢要了，敢当着这么多人的面说出这样的话。她妈还告诉我，她要房子和铺面呢，胃口真的是越来越大了。"

"这种女人喂不肥，欲望太大了。自从你跟她谈上对象，别说你工资月月光，就连我也月月光。晓珊和她妈这母女俩简直就是骗子，两个人唱双簧来骗钱。"

"妈，她们不是骗子。晓珊是爱我的，但她更爱钱。起初，我们不够了解彼此，她因缺乏安全感而提出要求，我可以理解，可现在彼此已经很熟悉，并且有了感情基础，她还是执迷不悟，还不知足，要得太多。她是典型的利己主义者，她就是这种人而已，只追求物质，势必会走向极端。"

"幸亏你还没有跟她领结婚证，酒席什么的也没有办。现在就跟你三爷商量怎么退彩礼钱吧。"

我们联系三爷，三爷告诉我们，人家不承认提出要房子、铺面的条件，也不愿意退彩礼钱，除非我们能找到证据，要不然事情很难解决。

"妈，如果我们能找到证据，就让三爷帮忙去解决。找不到证据，就找律师来处理。我们不再出面了，吵架解决不了问题，只会让心情不悦。我和晓珊都没有错，一切都是天意，我命中注定还有这一劫躲不过。回想当初，三爷和晓珊她妈一合计，我不得不陷进去，我做的一切都是为了让事情往好的方向发展，怎奈事与愿违。没事儿！好聚好散吧！"

"好的，儿子，妈妈听你的，只要你人好着就行。"

"我知道晓珊是很现实的物质主义者，长征这地方这种女孩很多，我之所以还选择她，一方面是因为我找了三年了，太不容易了。因为地域限制和我自身是离异人士的情况，我的选择少了。另一方面是因为我俩起码是双向奔赴，我多包容迁就她，她不安分的心也许随着年龄的增长慢慢就收回来了。如今，我尝试了一遍，发现我错了，婚姻长久美满的关键是双向奔赴，志同道合，平等尊重。作息不规律、太现实的女人以后我不找了。"

"你能拿得起放得下这一点特别好！儿子，妈妈跟你一样，内心也很平静，想得特别开，你要能找上就更好，找不上就一个人过也行！没什么大不了的。"

"是的，妈。我就是这么想的，这段经历虽然结果不好，但我还是有了很多收获，我相信在下一段缘分，甚至是未来的家庭教育和心理学领域，我都会走得越来越好。若是找不上对象，那就一个人过！结婚是为了幸福，离婚和不结婚同样是为了幸福。人来到这个世上，任何东西都不可能永久拥有，到离开这个世界的那一天什么都带不走，所以只要努力尝试争取了，没太多遗憾就好。"

"好！儿子，你现在心态特别好。咱们吃好喝好，心情好就比什么都强，一切随缘。"

不知不觉，新的一年到来了。清晨，我朝着凤凰超市的方向跑去，边跑边想：我和晓珊不是一路人却要硬在一起，我们进展太快了。我们没那么了解对方就走在了一起，又因很了解对方而分开了。我当初提出房产证上写两人的名字以表真心跟她好好过一辈子，竟勾起了她本有的无底洞般的物欲，使她提前展现出了这一面。所以，房子只是一根导火线。我们俩有了一定了解后，在第一次吵架时就准备彻底分手，是她妈妈从中介入劝说，我才一时心软。从后来发生的事来看，我们分开是必然的。我要吸取教训，以后不能着急，要积极、自信且有耐心地前行。

我回顾过去一年发生的事儿，31 岁的我虽然还是前途坎坷，但我没有浪费生命，也没有停止前进的步伐。不管过去多么不堪回首，现在的我只能继续前进，因为原地踏步，不好的状况依然会持续，只有往前走，才有可能看到希望。这是人成长的过程，挺过了就好。

一个人从高处跌落到谷底后，定会写就一段血泪史；一个人从谷底爬到顶峰，也必将谱写一部奋斗史。人情有冷暖，活着的人仍在继续演绎自己未完的故事！

人因理想信念产生坚不可摧的精神力量，并使我们有不断向前奔跑的勇气和动力。